LA MARAUDE

Données de catalogage avant publication (Canada)
Gunnars, Kristjana, 1948-
[Prowler. Français]
La maraude
Traduction de : The prowler.
ISBN 2-7609-3174-9
I. Titre. II. Titre : Prowler. Français.
PS8563.U574P714 1995 C813'.54 C95-940110-5
PS9563.U574P714 1995
PR9199.3.G76P714 1995

ISBN 2-7609-3174-9

Première publication en anglais sous le tire *The Prowler* par Red Deer College Press

1124, rue Marie-Anne Est, Montréal (Québec), H2J 2B7
Dépôt légal – Bibliothèque nationale du Québec, 1er trimestre 1995

Imprimé au Canada

KRISTJANA GUNNARS

LA MARAUDE

Traduction de l'anglais
par Anne Malena

roman

LEMÉAC

À Gunnar, mon père

L'histoire de ma vie n'existe pas. Ça n'existe pas.
Il n'y a jamais de centre. Pas de chemin, pas de ligne.
Il y a de vastes endroits où l'on fait croire qu'il y avait quelqu'un,
ce n'est pas vrai il n'y avait personne.

Marguerite Duras, *L'Amant.*

1

Ce n'est peut-être pas un bon livre, dit-il, dit James Joyce, *mais c'est le seul livre que je puisse écrire.* Ce n'est pas un livre que je lirais dans une séance de lecture. Je ne lirai plus jamais mes propres mots en public, humiliée et faisant semblant d'avoir quelque chose à dire. Ça n'est pas de l'écriture. Ni de la poésie, ni de la prose. Je ne suis pas écrivain. Pourtant ça existe, dans ma gorge, dans mon estomac, dans mes bras, ce livre que je ne peux pas écrire. Il y a des mots qui insistent dans le silence. Des mots qui me trahissent. Il ne veut pas que j'écrive ce livre. Les mots me donnent sommeil. Les mots m'empêchent de dormir.

2

Nous étions là, debout, à nous dévisager l'un l'autre. Une rencontre inattendue. Voilà peut-être pourquoi personne ne pouvait parler. Je remarquais une espèce d'aura, une substance extraordinaire sans propriétés physiques. Déjà détectée auparavant, mais où? Je ne savais.

Il y a certains moments qui paraissent vivants. Ce n'est pas que d'autres moments soient morts, mais je ne sais pas ce qu'ils sont. Les moments qui en amènent d'autres, toute une foule d'autres, ceux-là sont vivants.

Je réfléchissais.

Il devait y avoir quelque chose qui avait déterminé une soudaine configuration des pensées. Une expérience bouleversante, peut-être. Une partie de cartes qui n'avait pas de sens. Une partie où il n'y a pas de gagnant. Je me demandais s'il y aurait jamais des gagnants.

3

Quel soulagement de ne pas écrire une histoire. De ne pas être emprisonnée par des personnages ou par une mise en scène. Par une trame, un développement, des maniérismes du dix-neuvième siècle. Quel soulagement de ne pas écrire de poème, de n'avoir ni à scander des vers ni à souligner des images, entravée par le ton. Soulagement de n'être qu'en train d'écrire.

4

Je ne désire pas avoir de l'esprit. Ni me faire rire. Je ne me sens pas spirituelle. Si je ris de moi-même, c'est parce que je n'ai rien à dire et que je suis pleine d'amour. Car ce que je dis ne veut rien dire. Des mots, il y aura simplement des mots.

C'est parce que je suis pleine d'amour que mes mots n'ont pas de sens.

5

C'est un livre remarquable parce qu'ordinaire. Un livre qui sait qu'il ne peut y avoir rien d'extraordinaire dans une vie, dans une langue.

6

Pourtant une histoire s'impose. Où commence-t-elle? Jusqu'où remonter l'écheveau des causes et des effets pour retrouver le début de l'histoire? Je pourrais commencer par ma naissance, mais c'est trop loin. Ou par le jour où mon père est descendu de l'avion qui l'avait emporté loin de nous. Dans sa valise, il rapportait des Toblerone et des histoires de gitans.

Mais mon père partait toujours en avion et ramenait toujours des Toblerone. Il ne racontait pas d'histoires de gitans. Ma sœur et moi inventions ces histoires. Les gitans se trouvaient dans les plaines hongroises et mon père allait leur rendre visite. Il était amoureux d'une gitane. Il avait enlevé notre mère et l'avait ramenée, car elle aussi était gitane.

7

Le docteur Patel nous rendait visite régulièrement. Originaire des Indes, il était petit et avait le teint foncé, un peu couleur cacao. Il souriait beaucoup. Lorsqu'il venait dîner, ma mère ne savait pas quoi lui servir. Monsieur Patel ne mangeait pas de viande, et il n'y avait pas de légumes dans notre pays.

Ma sœur et moi étions assises à table, impatientes, et inquiètes pour le docteur Patel. Il mourrait de faim. Mais il riait.

Il ne parlait pas notre langue et ma sœur et moi ne parlions pas l'anglais. Mais s'il nous avait demandé : « Que mangez-vous alors ? » Nous aurions répondu : « Nous sommes les Inuit blancs. Nous mangeons du poisson. Et l'été, nous broutons l'herbe des montagnes comme les moutons. »

8

C'est vrai que nous mangions de l'herbe comme les moutons dans la montagne. Je ne peux pas le nier. Au printemps, on s'affairait à la recherche de ces feuilles amères vert foncé qui poussaient avec l'herbe des collines. Et qu'on appelait chiendent. Je mangeais des marguerites, en retirant soigneusement les disques jaunes. Sur la berge, nous ramassions de la rhubarbe sauvage que nous grignotions tout en marchant.

On dit que pendant la guerre, les gens raclaient les rochers du bord de l'eau pour en détacher de dégoûtants petits bouts d'algues. J'y pensais.

En automne, tout le monde partait pour les collines, s'enfonçant parfois très loin à l'intérieur des terres afin de faire la cueillette de petits fruits. C'était important. Des familles entières prenaient congé et passaient plusieurs jours de suite à remplir leurs seaux de groseilles et de bleuets.

À de rares occasions, un citron faisait son apparition sur notre table, provenant sans doute de la cargaison de quelque bateau de pêche qui se serait arrêté à Bremerhaven ou à Hull. Je devenais alors comme un prospecteur à la vue de l'or. La bouche collée au citron, j'aspirais avidement le jus, la chair, l'écorce, tout, sauf les pépins.

9

Je ne pense pas qu'il s'agisse ici de l'histoire d'une nation affamée. Lors de la crise de Cuba et de la guerre de Corée, une décennie après la Seconde Guerre mondiale, nous avions tout de même des œufs de morue, du foie de morue, de la viande de baleine et des têtes de mouton. Les jours de fête et le dimanche, nous avions toujours du gigot.

Ma sœur était tellement maigre que l'on devinait ses os saillants sous son pull. Elle avait des plaies sur les mains. Une forme de malnutrition. Je pensais que les bateaux auraient quand même pu apporter plus de légumes.

À l'école, on recevait des colis marqués *CARE* des États-Unis. Une dame distribuait les petites boîtes aux enfants qui attendaient patiemment leur tour à leur pupitre. J'ai ouvert ma boîte. À l'intérieur, des petits jouets usagés donnés par quelque famille américaine. J'ai fouillé parmi ces objets inutiles dans l'espoir de trouver un citron.

10

Puisqu'il n'y avait ni fruits ni légumes, il n'y avait pas d'arbres non plus. Même s'il y avait déjà eu des arbres sur ces montagnes, ils avaient tous été coupés depuis. Une campagne de reboisement battait son plein. Aux arrêts d'autobus, dans les vitrines, sur les timbres-poste, partout le slogan *Habillons notre pays.*

Nous avions très peu de vêtements. J'avais toujours froid et, quand il pleuvait, j'étais toujours mouillée. C'était une pensée si égoïste que j'osais à peine la formuler: *Moi*, j'ai besoin d'habits. Mon corps a besoin d'habits.

La nuit, je m'endormais en frissonnant. Il fallait souvent plusieurs heures pour se réchauffer, couchés en boule sous la couverture, et on finissait par s'endormir, épuisés et frissonnants.

Dans ce pays, les enfants ne parlent pas aux adultes. Seuls les adultes parlent aux enfants. Je ne pouvais pas dire: «Père, j'ai froid et j'ai besoin de plus de vêtements.»

Plus tard, beaucoup plus tard, après avoir vécu en Amérique pendant longtemps, ma timidité s'est finalement évanouie. J'avais de l'argent dans mon porte-monnaie. Je suis entrée dans un des mille magasins remplis de vêtements jusqu'au plafond et je me suis mise à acheter. J'ai acheté des habits pour tous les temps et des souliers pour tous les terrains. Surtout pour la pluie. Je ne serais plus jamais mouillée ni transie. J'ai acheté un wagon de vêtements et j'avais l'impression d'être une criminelle.

11

Quelque part dans tout cela, l'histoire commence. Ce n'est pas *mon* histoire. Si Dieu existe, c'est son histoire.

12

Je surprenais parfois ma mère qui délaissait son tissage pour regarder par la fenêtre. Peut-être se souvenait-elle d'un endroit meilleur.

La neige tombait.

Si les enfants de ce pays avaient parlé aux adultes, j'aurais dit: «Tu as de la chance, ta famille a quitté les plaines hongroises pour monter jusqu'à la péninsule danoise. Tu as aussi de la chance parce que mon père, l'Inuit blanc, t'a trouvée et emmenée dans cette île où il y a beaucoup de phoques et où, de temps en temps, on aperçoit un ours polaire à la dérive sur un morceau de glace du Groenland.»

Je savais que c'était la vérité parce que nous avions une radio. À la radio, la dame avait dit qu'il y avait eu une révolution en Hongrie, et puis une invasion. Les chars russes étaient entrés dans Budapest.

13

Dans l'autobus, j'ai fait la connaissance de la belle jeune femme aux cheveux noirs qui jadis avait habité mon village. Elle avait vécu en Amérique où il y avait d'innombrables fleurs et d'innombrables arbres. Je lui ai demandé: «Que faites-vous ici? Il pleut et il fait froid.» Elle m'a répondu que le président Kennedy avait ordonné à tout le monde de retourner dans son pays d'origine. «Pourquoi?» ai-je insisté. Elle de me répondre: «Il y a une crise de missiles à Cuba, que tu es bête. N'y a-t-il pas de radio chez toi?»

Une crise de missiles, je ne savais pas ce que c'était, mais une guerre froide, ça je connaissais.

Mon amie et moi avions rencontré deux soldats américains dans la rue. Nous devions avoir quatorze ans. Ils voulaient nous inviter à l'hôtel pour fumer une cigarette. Voilà pourquoi je connaissais la guerre froide.

Par la suite, on m'a dit que les soldats américains avaient été consignés à leur base. Une barrière entourait la base et les hommes n'étaient pas autorisés à sortir. Même en ce temps-là ce n'était pas le moment de parler, mais j'aurais voulu dire: «C'est ce qu'il fallait faire. Parce que les soldats américains s'intéressent aux enfants.»

14

Dix ans plus tard, j'ai eu l'occasion de connaître ces soldats américains en tant que personnes, dans leur propre pays. Quelques-uns étaient mes amis. Ils faisaient de la musique, chantaient des ballades, écrivaient de la poésie comme d'autres. Je les avais connus avant qu'ils ne partent pour la guerre, naïfs et heureux, et après, moins naïfs et beaucoup plus cruels. Ce n'était plus une guerre froide. C'était l'époque où la télévision montrait beaucoup d'images d'enfants asiatiques mutilés.

15

Qui sont ces gens qui regardent par-dessus mon épaule, qui écrivent des histoires en mon nom? Est-ce mon arrière-arrière-grand-père de la lointaine région au nord de Thingeyjarsysla, celui qui avait tellement aidé la tribu de mon père à se tirer des griffes de la tribu de ma mère? Ou est-ce mon arrière-grand-père de l'île danoise de Fyn, celui qui a perdu toute sa fortune au jeu? Le testament de cet homme, s'il en a laissé un, ne devait pas contenir grand-chose.

16

Dans le pays de mon père, on me traitait d'enfant de chienne, de monarchiste, de Danoise. Les autres enfants me criaient après: Sale royaliste de pacotille! Espèce de haricot!

Dans le pays de ma mère, les autres enfants du haut de leurs bicyclettes m'encerclaient d'un air supérieur. Ils échangeaient des murmures au coin des rues: j'étais une Inuit blanche, une mangeuse de requins. L'Islandaise.

Ma sœur n'a pas apprécié cette injustice. Elle a fait la grève de la faim contre Dieu.

17

La personne qui raconte ces histoires est peut-être un peu plus âgée. La jeune fille vraiment solitaire à Rungsted, au Danemark, à qui on avait fait comprendre qu'Isak Dinesen avait habité à côté. Peut-être quelqu'un de plus âgé encore. La jeune fille qui vivait dans les collines du Mosfellssveit en Islande et qui s'était fait dire plusieurs fois que Halldór Laxness avait vécu dans la ferme d'à côté. La maison blanche que vous pouvez voir de votre fenêtre.

Ou même quelqu'un de plus âgé encore, dans une petite ville de l'Oregon, près de la côte. La jeune femme à qui on avait dit que Bernard Malamud avait vécu dans sa maison. Il a écrit *L'Homme de Kiev* dans votre chambre.

Quelqu'un sur un chemin de fantômes.

18

La personne qui écrit ces mots est probablement la même qui, à l'hôpital, assise auprès des malades, ne sait quoi dire. C'est ce que j'ai commencé à faire dès l'âge de douze ans. J'étais assise auprès de ma sœur, mon aînée. Elle, étendue sur le lit, décharnée, un visage émacié aux grands yeux. «Pourquoi ne veux-tu pas manger? lui ai-je demandé. Les gens qui refusent de manger meurent.» Elle m'a répondu: «Je ne veux pas être qui je suis, c'est tout», dit-elle.

19

Seule cohérence parmi les fragments de mes trous de mémoire. Il y a eu tellement de voix. Mais celle au chevet des malades est toujours la même. Ce n'est pas du tout une voix. Elle n'a rien à dire.

«Peut-être», me disais-je dans le train qui allait de Rungsted à Copenhague, «peut-être», pensais-je en marchant le long du large boulevard bordé d'arbres puis en franchissant le portail du grand hôpital, «peut-être», même si je ne dis rien, peut-être que le seul fait d'être là est suffisant. Ma sœur prenait du poids parce qu'ils la forçaient à manger. Je m'asseyais, proche de son visage rébarbatif et vindicatif. Elle est sans doute en train de préparer une révolution, me disais-je. Elle envisage de punir tout le monde pour se venger de ce qu'elle est.

Nous savons certaines choses bien avant de les connaître.

Quelques-uns d'entre nous reçoivent en cadeau le moyen de sortir d'un dilemme. Une sorte de colis marqué *CARE* venant du destin. J'ai eu cette chance quand, à l'âge de treize ou quatorze ans, mes cheveux blonds ont viré au brun. Après cette transformation, tout le monde pensait que j'étais Russe parce que j'en avais l'air. On m'appelait la petite fille russe et ça m'arrangeait.

20

La rumeur amorcée, j'ai contribué à la répandre. J'étudiais Pasternak, Yevtoushenko,

Pouchkine. En guise de preuve, je montrais à mes amis les livres russes dans la bibliothèque paternelle, ceux avec le drôle d'alphabet à l'envers. Pour convaincre les sceptiques, je demandais à mon père de dire quelques mots en russe et il s'exécutait. Encore une chance que le russe ait été une langue de son répertoire.

21

Tout ce qui venait de loin était bon. Ailleurs, la vie était magique. La distance décuplait la magie.

Je me tenais parfois dans le couloir, m'exerçant à plisser les yeux devant le miroir et à former des mots japonais. Je soufflais au miroir : la vie ne suffit pas. Il faut qu'elle soit magique.

22

Parmi la camelote d'un de mes colis marqués *CARE* des États-Unis distribués annuellement à l'école, j'ai découvert deux poupées aux cheveux bruns de la taille de mon pouce. Autour de ces poupées en caoutchouc, j'ai construit tout un monde qui allait durer le reste de mon enfance. Elles ont reçu une maison meublée, un nom, une langue, des amis invisibles, des choses à faire.

Le grenier où se trouvait cette maison de poupée était d'accès difficile : une échelle faite sur mesure et accrochée au mur par des clous menait à un trou dans le plafond. Personne d'autre n'y allait jamais. En additionnant toutes les heures que j'ai passées au grenier sous la lucarne, on obtiendrait un total équivalant à une année au moins de la vie d'une personne.

23

Mais là n'est pas ce que j'aime.

Un monde qui n'a jamais existé. Peut-être que j'aime y aspirer. Un fantasme. Peut-être est-ce seulement le désir que j'aime.

24

Pour une histoire, il suffit d'en trouver le début. Parce que la fin est contenue dans le début. L'assouvissement est contenu dans le désir.

La réponse est aussi contenue dans la question.

J'imagine une histoire qui n'a pas d'orientation. Semblable à une graine. Une fois plantée, la graine ne va nulle part. Elle reste en place et pourtant, elle croît en elle-même. Elle fleurit de l'intérieur, imperceptiblement. Si c'est un légume, elle est nourriture.

25

J'ai lu des traités sur l'écriture mâle. La ligne mâle. Le récit masculin. J'ai lu que les hommes doivent se donner une direction. Les hommes sont toujours en train de tirer sur quelque chose quelque part. Pas les femmes. Il paraît que les femmes peuvent faire pousser tout en un seul endroit. Le récit féminin serait le dévoilement de plusieurs couches.

Je ne sais pas si c'est vrai. C'est accessoire.

26

Il y avait des potagers dont s'occupaient les écoliers. Chaque enfant avait la responsabilité d'un coin de terre et devait y travailler trois ou quatre heures par jour. À la radio, dans les journaux, sur les murs des banques et des pharmacies, partout le slogan *Travaillez dans les jardins des écoles.*

C'était une façon de fournir des légumes à une nation sous-alimentée.

J'avais un bout de jardin au sud de notre village, tout près du rivage. Chaque jour, je sarclais, ratissais ou désherbais. J'y avais planté des radis, des choux, des betteraves et des pommes de terre que je regardais pousser tous les jours en jardinant.

Je n'aimais pas ce travail. C'était monotone. Les heures étaient longues. J'étais fatiguée et ces stupides plantes m'ennuyaient. Mais finalement, j'ai pu commencer à en ramener à la maison. Après tout, les radis sales que je rapportais à la cuisine de ma mère étaient une toute petite chose que je pouvais donner.

Peut-être y avait-il quelque fierté contenue dans ce cadeau. Dans un pays où l'on n'apprenait pas aux enfants à être fiers, où les filles vivaient avec le soupçon national d'être virtuellement les *putains des soldats américains,* ce travail procurait une certaine fierté. J'ai pourtant fini par détester le jardinage.

27

Mais est-ce la raison pour laquelle, beaucoup plus tard dans la vie, je n'ai jamais pu prendre d'amant américain? Parce qu'avec un Coréen, un Grec ou un Hongrois, vous pouvez être avec un homme beau et brun qui vient d'un endroit magique, un homme difficile, secret, qui joue avec vos émotions. Mais pour ces Américains compréhensifs, est-il entendu que vous êtes une putain et que vous le faites pour l'argent?

28

Il y a le soulagement de n'avoir aucune obligation; de ne pas avoir de comptes à rendre; de ne pas compter les recettes à la fin de la journée; de ne pas compter les pages au gré de leur accumulation; de ne penser ni à un point culminant, ni à un dénouement, ni à une introduction; de ne rien faire d'autre que de regarder l'œuf s'éclore. L'œuf est là et je sais qu'il va s'ouvrir.

J'ai souvent pensé que si Dieu était écrivain, Il écrirait une histoire très étrange. Un récit plein de culs-de-sac. Un dédale inextricable. À tout moment il faudrait reculer, revenir en arrière, admettre la défaite. Puis, à la fin, il y aurait un renversement ironique.

On n'en verrait pas tout de suite l'ironie. Mais on commencerait lentement à l'entrevoir. Il s'agirait d'ironie pure.

29

Le dernier jour d'école, j'attendais l'autobus. Les examens nationaux étaient terminés. Nous avions reçu nos bulletins et chacun était libre de partir dans le monde. J'attendais dans une salle de classe vide. Le soleil de fin d'après-midi avait disparu de l'autre côté de la vieille école. De la fenêtre, je pouvais voir les montagnes que j'avais traversées à pied chaque jour avec mes livres et mes cahiers. Je remarquais combien les murs du bâtiment étaient lézardés, délabrés, usés. La peinture détachée en grandes plaques. Les pupitres couverts d'inscriptions gravées au couteau.

Magnús, le professeur de langues, est entré dans la pièce. J'ai levé les yeux. «Eh bien, dit-il, l'école est finie.» Il m'a fallu encore vingt-deux ans avant de comprendre ces simples mots.

30

Dans le *Morgunbladid*, quotidien islandais, j'ai lu qu'on faisait le nécessaire pour rassurer la population de l'île. La base américaine, disait-on, n'est pas une base nucléaire. Quelques mois plus tard, au Canada, j'ai vu une carte militaire américaine où il était bel et bien indiqué que l'Islande *est* une base nucléaire.

Y a-t-il lieu de croire que le sens que nous attribuons aux choses est le bon?

Certains romans islandais n'ont aucun sens. Leur but n'est pas d'avoir un sens. Sans destination, ces romans refusent de saisir la réalité, affirment qu'il n'y en a pas. Virtuellement, la réalité n'existe pas. Dans le pays de mon père, les gens ont toujours su qu'en réalité ils n'existent pas.

31

Ma première histoire a été écrite à l'âge de seize ans. Écriture provoquée par l'ennui, dans une ville de l'Oregon, près de la côte, et dans cette pièce où *L'Homme de Kiev* avait été écrit. Chaque soir avant de m'endormir, j'écrivais en mauvais anglais une partie de l'histoire, celle d'une fille qui voulait retourner chez elle. D'une certaine manière, elle savait encore où était son foyer.

Probablement le rivage du fjord en bas de notre maison. Chaque pierre m'était familière. Je connaissais les anatifes, les coquillages et les algues mieux que partout ailleurs. Nous avions fait notre terrain de jeu d'un pétrolier complètement rouillé, échoué sur le sable dans l'eau peu profonde. Sur la vieille épave, il nous arrivait d'oublier l'heure et la marée montait, nous isolant à quelque distance dans le fjord. Nous ne pouvions plus revenir au rivage.

32

J'ai accompagné mon père dans le désert de sable noir sur la côte, au sud de l'île. Ils cherchaient l'épave engloutie d'un bâtiment espagnol qui transportait de l'or. Avec leurs détecteurs de métal, les hommes se sont éparpillés, guettant le signal de la présence de l'or.

Je me suis éloignée sur une jetée de sable. Le temps était couvert. Le sable était noir, la mer était noire, le ciel était presque noir. À côté de moi, des phoques émergeaient de l'eau. Ils sortaient la tête en me suivant. J'ai marché si longtemps et je me suis tellement éloignée que, derrière moi, la marée est montée, me coupant l'accès à la côte. J'étais sur une île de sable qui allait couler d'un moment à l'autre.

Dans ce désert il y avait une petite cabane. Bien qu'en ruine à cause du vent continuel, elle conservait une porte qui pouvait s'ouvrir. Je suis entrée. Sur des rayons, des boîtes rouillées de sucre, de café, de farine. Pour les voyageurs perdus ou coincés.

33

Parfois il n'existe aucune porte à franchir. Les maîtres enseignaient aux écoliers: dans ce cas-là, il est nécessaire d'écrire de la poésie. Après avoir passé assez de temps à composer des poèmes, une porte s'ouvrira.

34

Je me souviens que les yeux des phoques étaient nettement pleins de tristesse.

C'est parce que je suis pleine d'amour que je suis pleine de chagrin.

35

Si l'hiver n'était pas trop rigoureux, on laissait les chevaux paître à leur aise dans les montagnes. Je me réveillais parfois le matin, sous le regard d'un cheval égaré à la fenêtre. Son d'un souffle irrité et bruit de lèvres impatientes.

À l'occasion, on me permettait de dormir dans la lande. Je me réveillais en général à l'aube, sous le regard scrutateur d'un ou deux moutons aventureux. Il suffisait que je bouge pour qu'ils détalent dans un bruissement complice.

36

Les émotions contradictoires réduisent au silence.

On n'appelait pas ça un hôpital mais un préventorium. Un bâtiment de briques rouges flanqué d'une tour, auquel on accédait par un large pont qui conduisait à l'entrée et qui surplombait un précipice rocailleux. L'établissement avait été construit dans le but d'enrayer la tuberculose, la lèpre, le scorbut et la polio. Dans ce pays, ces maladies constituaient l'héritage national. Elles façonnaient les gens, leurs pensées, leurs aspirations.

C'était le premier séjour de ma sœur. L'hôpital était situé à Reykjavík à côté de la piscine publique où ceux qui n'avaient pas de salle de bains à la maison venaient prendre leur douche quotidienne. Malgré mon jeune âge, je n'ai eu aucune difficulté à trouver mon chemin. J'ai repéré le lit de ma sœur et je ne pouvais pas comprendre pourquoi elle s'y trouvait. J'aurais pu lui demander : « Qu'est-ce que tu es venue faire ici? » Mais je savais qu'il devait y avoir une raison.

Ma mère finit par perdre patience. « Nous fouillons dans la boue pendant des heures pour faire pousser quelques betteraves aussitôt qu'apparaît un brin d'été. Nous attendons des semaines que le hareng, la morue et l'églefin viennent par ici pour qu'on puisse les pêcher. Pour le prix d'une maison nous achetons quelques pommes importées du Danemark. Les enfants ont les gencives qui saignent et les adultes voient leurs os se tordre. Et toi, a-t-elle dit à ma sœur, tu refuses de manger! »

37

À l'âge de neuf ans, mon tour est venu de me rendre à l'hôpital. J'y suis allée seule, humiliée. Le médecin s'appelait Hannes. Il m'a fait entrer dans le cabinet exigu, s'est assis, m'a regardée et a dit : « Eh bien? » En silence, je me suis déshabillée. Mitaines, veste, pull, petite chemise, les vêtements hérités de ma sœur aînée. Debout au milieu de la pièce, nue jusqu'à la taille, j'ai tendu les bras vers lui pour qu'il les examine. Il n'y avait rien à dire. Il le voyait lui-même. Ma peau. Sur tout le corps, il était arrivé quelque chose à ma peau.

Hannes m'a examinée, puis il m'a aidée à remettre mon pull et m'a tapoté la tête d'un air triste. « Si tu habitais au Moyen-Orient, a-t-il dit, tu pourrais te baigner dans la mer Rouge et tu guérirais probablement. Mais pour nous ici tout au nord, il n'y a pas d'espoir. »

38

Je me suis rendu compte que pour nous au nord, les rêves ne se réalisent jamais. Ils restent simplement des rêves. Je ne serai jamais Japonaise. Ma mère ne sera jamais gitane hongroise. Mon père ne sera jamais Russe. J'ai commencé à comprendre ma sœur.

Quand il n'y a pas d'espoir, le rêve est tout. La fin est contenue dans le désir. Les rêves sont des huîtres closes parmi les pierres du fjord. Des coquilles refermées sur un brin de vie.

39

C'est un pays où les gens meurent de faim. Depuis plus de mille ans, les moutons s'écroulent dans les cols de montagnes, les chevaux tombent morts dans les pâturages couverts de cendre, les pêcheurs sont trop fatigués pour ramener leurs filets. Les enfants s'étiolent dans les cabanes de tourbe à cause de la malnutrition. Les vieillards mangent leurs manteaux de peau.

Pourtant les rives sont couvertes de moules. Tout au long du bord de l'eau se trouvent des milliers de coquilles fermées, bleues et noires. Les gens refusent de manger des moules.

40

Je n'aimais pas le militaire américain qui venait parfois chez nous. Il s'appelait Chuck. Je n'aime pas ce souvenir. C'est le souvenir de rien. Un non-souvenir.

Chuck s'y connaissait un peu en matière de forage. C'est pourquoi il rendait visite à mon père. Ce pays avait besoin d'énergie géothermique pour développer son industrie et connaître le progrès. Chuck apportait toujours des cadeaux. Il nous arrivait avec une radio, des jouets, une télévision, des trucs clinquants de Disneyland, des bonbons aux papiers brillants. On me recommandait toujours de le remercier pour les cadeaux. Je m'exécutais. Puis je les emportais dehors et, en secret, je les mettais aux ordures.

Même à cette époque, je savais qu'on ne doit pas garder ce qui ne nous appartient pas. Il existe des gens dignes de prix non mérités, mais ces gens-là sont tous très loin.

41

«Votre sœur a si bien réussi à l'école avant vous, me dit dans son bureau Armann, le directeur de l'école secondaire, et vos résultats sont tellement prometteurs que nous avons décidé de vous laisser sauter une année. Il y a aussi le fait que vous parlez déjà le danois.»

Il avait un sourire chaleureux. J'ai compris qu'il venait de me donner le droit de parler. Alors j'ai dit abruptement: «Puisque je suis si intelligente, ma question doit donc être légitime.» «Allez-y», m'invita-t-il. J'ai dit: «Dans la Bible, il y a beaucoup de lépreux. Mais pourquoi est-ce qu'ici, c'est le seul endroit en Europe du Nord où il y a des lépreux?»

«Parce que c'est ici, m'expliqua Armann, en désignant le sol, que les autres pays ont abandonné leurs lépreux. Ils ne pensaient pas que les gens de cette île lointaine avaient de l'importance.»

«Quels autres pays?» ai-je demandé. «Pourquoi?» Mais il ne me répondit pas. Il resta cloué au même endroit en me regardant avec un sourire chaleureux. J'imagine qu'à sa mort, il arborait ce même sourire.

42

Notre maison était située à l'ouest et l'école à l'est. La route que je suivais longeait le rivage du fjord au sud de la ville. L'eau, lisse et profonde entre les deux péninsules, brillait de la couleur argentée du ciel. Au fond du fjord se trouvait, depuis des décennies, une grande bâtisse blanche entourée d'une palissade. Ce bâtiment avait été là bien avant la construction de la ville. La léproserie. Deux fois par jour, je passais devant en me refusant à le regarder.

43

Dans une autre partie de la ville, il y avait un sanatorium. On y emmenait les tuberculeux pour les emprisonner à vie.

Chaque année, on mettait un sparadrap sur nos poitrines osseuses. Chaque année, on enlevait le sparadrap une semaine plus tard et on inscrivait quelque chose dans de grands livres. Nous faisions la queue comme des prisonniers qui attendent leur sentence. Nous appelions ça la journée de la terreur. L'infirmière nous affirmait que ce n'était rien de spécial. Ça se fait partout dans le monde.

44

Il y a aussi le fait que vous parlez déjà le danois. Il voulait dire que je pouvais maintenant commencer à répondre à mes propres questions.

J'avais d'autres questions. Par exemple, pourquoi n'y a-t-il pas de danses islandaises?

Pourquoi l'Islande a-t-elle un si long passé de famine?

45

Plus tard, j'ai lu l'histoire du rôle joué par l'Islande lors de la Seconde Guerre mondiale. Un matin pendant la guerre, ai-je lu, la population, à son réveil, s'est retrouvée sous occupation anglaise. Pour empêcher l'arrivée possible des Allemands. Les soldats britanniques avaient envahi les rues. À la radio, on parlait anglais. On construisait des casernes aux abords de la ville.

Et puis, tout aussi subitement, les Anglais n'étaient plus là et la population s'est réveillée sous occupation américaine. Les caricatures dans les journaux montraient que les femmes avaient été les premières à se rendre compte du changement. Tout à coup leurs petits amis britanniques se trouvaient être américains. De mauvais romans ont commencé à faire leur apparition, écrits par des hommes islandais sur les traîtresses.

46

Depuis ce temps, pour protester, les communistes islandais font chaque année la marche de cinquante kilomètres de Reykjavík à la base américaine de Keflavík. Partout le slogan *À bas la Base!*

Ma grand-tante Sirrí était la fille d'un homme d'État dont on peut voir l'effigie sur les billets de cinquante couronnes. Quand je rendais visite à la vieille dame, elle me donnait toujours des oranges qui venaient de la base. «Pourquoi est-ce qu'ils manifestent?» me demandait-elle, en me pelant la précieuse orange de ses mains décharnées et tremblantes. «Les Américains ne nous ont fait que du bien», disait-elle.

Des années plus tard, en Amérique, j'ai vu un reportage télévisé sur la capacité nucléaire des États-Unis. On montrait une carte des pays nordiques, l'Islande et le Groenland. En cas de guerre mondiale, a dit le commentateur, la première cible serait bien sûr l'Islande. Afin d'empêcher toutes représailles possibles des Américains depuis leur position stratégique dans le nord de l'Atlantique.

Si les Américains partent, m'assurait Sirrí, les Russes viendront à leur place. Sirrí avait aussi des fondants suisses dans un bol d'argent qu'elle m'offrait quand je lui rendais visite. C'était une aristocrate. Une dame élégante.

47

L'histoire est toujours ailleurs. J'imagine un livre qui a la prétention de raconter une histoire officielle. Dans la marge, il y a une autre histoire. Accessoire et qui n'a pas grand-chose à voir avec l'histoire officielle, mais c'est là que se trouve le vrai livre.

Le lecteur idéal, selon James Joyce, est *celui qui souffre d'une insomnie idéale.* Le lecteur ne peut pas dormir parce que dans l'autre histoire, il y a quelque chose qui ne marche pas. C'est une histoire policière. Le lecteur pense qu'il faut trouver l'ennemi. Il y a des indices. Il faut les assembler.

L'indice renferme la clef.

Est-ce que quelqu'un a été assassiné?

48

Dans ce pays, on ne commettait pas de meurtres.

On développait. On avait capté l'énergie géothermique. Des serres avaient été construites dans le village de Hveragerdi. On y cultivait des fruits et des légumes. Tomates, concombres, oranges, bananes. En quantités insuffisantes et à des prix élevés, mais c'était un début.

J'ai accompagné ma mère et son amie en jeep jusqu'à Hveragerdi. Elle avait économisé assez pour un sac de tomates. Nous avons voyagé longtemps, à ce qu'il me semblait, peut-être une heure ou deux, et nous sommes entrées dans la serre. Une odeur de soufre dans l'air. L'odeur forte et épicée des plantes. Je n'avais jamais vu une jungle pareille; il y avait des plantes dont j'ignorais l'existence.

Ma mère a acheté ses tomates et nous sommes reparties. Elle m'a laissé tenir le sac. J'étais seule à l'arrière, les deux femmes causaient en avant. J'ai ouvert le sac et humé les petites tomates rouge foncé. Une odeur sucrée et irrésistible qui pénétrait dans ma tête et dans ma gorge. Saisie d'une envie irrépressible de manger une tomate, j'ai avalé mes bouchées furtivement sans faire de bruit. Comme il y en avait beaucoup, j'en ai mangé une autre. Puis une autre.

Arrivées chez nous, ma mère a découvert le sac vide. Honteuse, je suis sortie de la voiture à la dérobée. J'avais peur d'être grondée. Mais ma mère s'est mise à pleurer.

49

Peut-être pensait-elle que sa vie était en train de prendre une tournure désespérée. Ce n'était pas la première fois.

Elle m'a raconté, un peu plus tard, l'histoire des fraises. Un été, lorsqu'elle était jeune fille, elle avait fait la cueillette des fraises afin de gagner de l'argent. Sa famille n'était pas riche et elle avait envie d'un disque, une musique bien-aimée. C'était un travail fatigant de rester accroupie pendant des heures, jour après jour, à remplir des paniers de petits fruits rouges. Finalement, elle a pu acheter son disque. En rentrant, elle est tombée et le disque s'est cassé.

Quelques années plus tard, j'ai écrit un poème sur ce déplorable incident. C'était au Danemark où les fraises repoussent chaque année.

50

Il y avait des disques chez nous. Elle avait dû le racheter. Je l'imaginais dans la pile.

Parfois, je rentrais de l'école pour trouver mon père au salon faisant semblant de travailler. Sur la table étaient étalés des morceaux de papier couverts de calculs incompréhensibles. Assis, le crayon à la main, il regardait le vieux tourne-disques. Un disque épais tournait sur le plateau, et la musique bruyante remplissait toute la maison. Toujours de la musique gitane de Hongrie.

51

S'il y a un meurtre, il aura lieu quelque part à la base américaine où de lourds avions militaires vert foncé atterrissent dans le brouillard.

Dans certaines histoires, tout ce qui est écrit est un indice.

52

Il y a la nature qui aplanit toute émotion.

Lorsque ma sœur et moi dormions dans la lande, nous nous réveillions souvent pendant la nuit, pensant que c'était l'aube. Mais c'était le soleil de minuit. Le matin nous nous lavions le visage dans l'eau glacée du ruisseau peu profond. Une eau pure et propre qui courbait l'herbe épaisse sur son passage. Nous parcourions la lande en sautant par-dessus les touffes vertes et nous grimpions la montagne rouge qui se dressait devant nous. La pierre devait être riche en minéraux car, au lever du soleil, les cailloux brillaient d'une lueur rouge et orange vif. Il n'y avait ni buissons ni verdure sur la montagne, mais au sommet il m'est arrivé de trouver quelques fleurs alpestres. Elles parvenaient à pousser entre les pierres.

Je ne connaissais alors que peu de fleurs par leur nom. Je connaissais les myosotis, les boutons-d'or. Les fleurs de trèfle, les pâquerettes, les dents-de-lion. Je connaissais les fleurs des champs plutôt considérées dans d'autres pays comme de mauvaises herbes. Dans d'autres langues, les noms de ces mauvaises herbes ne donnent parfois aucune indication sur leur vraie nature. Sur ce qu'en Islande je croyais être transcendance, vu les conditions rudes. Car là-bas, le bouton-d'or s'appelle : île du soleil. Ou le soleil qui ne disparaît jamais.

Beaucoup plus tard dans la vie, j'ai inventé une poétique de la nomenclature. Dans le langage, seul ce qui est nommé a droit à l'existence. Mais il y avait beaucoup de noms que je ne connaissais pas au temps de mes premières découvertes. Cela se passait avant le langage.

Les mots ne sont pas ce qu'ils signifient. Nous confondons le signifiant et le signifié. Les mots ne sont que des mots. Ils vivent dans une atmosphère qui leur est propre.

Les mots sont des valises bourrées de culture. J'imagine une histoire faite de contenants vides. Des bouteilles vidées de leur contenu. Des sacs de voyage retournés d'où tombent de vieux vêtements, des flacons de remèdes, des souliers de marche s'éparpillant sur le sol de l'aéroport. Arriver à sa destination sans rien à la main. N'arriver à aucune destination.

53

Tous les récits sont romancés. Récits policiers, d'espionnage, d'horreur, tous sont des romans. Ils ne sont pas authentiques. Le roman de la menace. Le roman mâle.

J'ai entendu des discours au sujet du roman féminin. La sentimentalité. Les émotions. Les sentiments d'amour. La peur d'être rejetée.

J'imagine un récit qui n'est pas un roman.

54

On est contenu dans ce qu'on aime, a dit H. D.

55

Parfois, je pense que nous avons dépassé le récit. L'artifice ne nous amuse plus. Il y a trop de connaissances. Trop de lucidité. Il y a toujours d'autres récits, des métarécits, à propos desquels nous avons créé une industrie. Pour leur déchiffrage, des diplômes sont offerts, des prix décernés et des salaires octroyés.

Lorsque nous reconnaissons que tous les récits sont artifice, nous n'avons plus d'ennemis. Sans ennemis, il ne nous reste que l'amour. Si ce n'est pas de l'amour, c'est le néant. Un regard fixe sur la neige qui tombe.

Un récit qui ne désire pas d'artifices doit incorporer ses propres métarécits.

56

À Rungsted, au Danemark, nous vivions aux étages supérieurs de la résidence d'un énorme domaine. Tout autour, le parc s'étageait jusqu'au bord de la mer en une multitude de plates-bandes de fleurs rares et de buissons. De ce rivage, il était possible d'apercevoir les lumières de la Suède de l'autre côté du canal. La résidence était flanquée d'une tour du haut de laquelle on pouvait observer les étoiles. Un escalier en colimaçon étroit donnait accès à la pièce où se trouvait un gros télescope.

On nous avait fait comprendre qu'il y avait un maraudeur dans les parages. Ne vous aventurez pas trop loin sur la plage. Ne restez pas seules dans le parc. Ma sœur et moi étions seules. Nous essayions de dormir dans la chambre à côté du balcon. Nos parents avaient pris le train pour aller passer la soirée à Copenhague. Nous étions couchées, silencieuses dans l'obscurité, et nous avons entendu le maraudeur se hisser sur le balcon. Son ombre est apparue sur la paroi, projetée par la lune.

Il n'y a rien dans ces chambres qu'un voleur puisse désirer. Quelques objets banals, rapportés de l'Arctique sur un paquebot dans une petite malle de bois. Des livres d'école dans une autre langue. Deux filles inuit blanches, dont une pleine d'appréhension.

57

Je connaissais très bien la plage de Rungsted. Elle était différente de la plage de Fossvogur, en Islande, où notre pétrolier échoué nous attendait chaque matin. Ici, on trouvait beaucoup de bois mort. Des morceaux de bois pâles et angéliques rejetés sur le rivage, lisses au toucher comme la peau saine. Les pierres aussi étaient lisses et rondes, souvent d'un gris si clair qu'elles paraissaient blanches. Un doux rivage où les jeunes filles pouvaient se balader dans leurs robes blanches à fanfreluches, un panier au bras et des fleurs à la main.

58

L'enfance se passe à mettre en place le décor. Plus tard dans la vie, vous évoluez sur cette scène et vous vous rendez compte qu'il est très difficile d'y changer quoi que ce soit.

59

C'est James Joyce qui a dit : *Le lecteur veut cambrioler le texte.* Le lecteur a l'ambition d'un voleur. Voilà pourquoi le texte ne doit pas être généreux.

C'est un soulagement de ne pas avoir de telles règles. De ne pas jouer à cache-cache. Jouer sans règles veut peut-être dire être libre de se cambrioler soi-même. Enfin.

À Rungsted, j'ai participé aux activités imaginaires du maraudeur. Je me faufilais en bas dans les chambres du rez-de-chaussée lorsque je savais que le vieux couple était absent. Je palpais les poignées dorées des portes. J'inspectais les vases de cristal. Les délicates statuettes de porcelaine. Les tapis persans. Les fauteuils de velours où le corps s'enfonce, s'adonnant à la rêverie. J'essayais toutes les chaises. Je pensais : il se peut que Boucles d'Or soit elle-même chacun des ours. En tout cas, le bébé ours. Celle qui dort dans son propre lit.

Dans l'élégant salon de cette résidence, alors que je me prélassais dans le lourd fauteuil orné d'or, j'ai eu la plus grande des surprises. Une fenêtre donnant sur la rue, un vitrail aussi grand qu'une porte, vert et blanc, tout illuminé par la lumière de l'après-midi et sur lequel se profilaient le Groenland, l'Islande et la calotte polaire : la carte du Nord.

Beaucoup plus tard, j'ai lu dans un sonnet d'amour médiéval que les yeux de l'amant sont le miroir de l'âme.

60

En Hongrie, à peu près à la même époque, en 1956, les gens commençaient à s'enfuir. Les Russes avaient envahi Budapest et les appels au secours que les révolutionnaires hongrois envoyaient en code au reste de l'Europe restaient sans réponse.

J'ai dit de ne pas s'en faire à celui qui, je crois, n'aimerait pas que j'écrive ce livre. Ce n'est pas un livre à son sujet. Pourtant son histoire est une bonne histoire. Il raconte que lorsqu'il était petit garçon, les membres de sa famille se sont enfuis, une personne à la fois. Le paysan qui devait l'escorter jusqu'à la frontière autrichienne l'a emmené dans un grand champ, lui a indiqué une direction et lui a dit: «La frontière est par là.» Puis il est parti et le jeune garçon a poursuivi son chemin.

Savait-il où se trouvait la frontière? Est-ce qu'on peut sentir les frontières? Peut-être y a-t-il un changement d'air, un climat différent lorsqu'on passe d'un pays à l'autre?

Cette histoire a un rapport avec ce livre seulement dans la mesure où l'on est contenu dans les choses qu'on aime.

61

De toute façon, il y a des gens qui fuient les Russes dans l'espoir de devenir Américains. Il y a aussi ceux qui fuient les Américains dans l'espoir de devenir Russes.

62

Ce même garçon appartenait à une main-d'œuvre d'enfants hongrois. On ne demandait pas à ces enfants de faire pousser des légumes. Ils désherbaient plutôt les rails de chemin de fer.

Il arrachait les mauvaises herbes des rails toute la journée. Son seul ravitaillement était un sandwich à l'oignon que quelqu'un volait et mangeait toujours à sa place.

Voilà pourquoi il était très maigre.

63

Un texte qui triche avec lui-même finit par se rejeter. Derrière l'auteur officiel, il y a toujours un autre auteur qui censure le texte au fur et à mesure de son élaboration. L'autre auteur écrit : Ce n'est pas ce que tu avais l'intention de dire.

Je pense à un livre qui aurait gardé les mots du censeur. Un livre qui ne fait pas semblant de ne pas parler de lui-même. Tous les livres parlent d'eux-mêmes.

Le roman que j'avais un jour l'intention d'écrire s'est rejeté. Il a préféré se mettre à parler de sa propre génération. L'histoire a disparu. À sa place est venue une autre histoire, une histoire inattendue. Une grande surprise.

64

Dans le pays de ma mère, la chère était abondante. À Noël, une famille nombreuse, tantes, oncles, cousines et cousins, prenait place autour d'une longue table et les domestiques apportaient à manger, un mets à la fois. Les plats étaient si nombreux que mon oncle Hans devait s'arrêter pour fumer une cigarette. Je n'avais encore jamais vu quelqu'un faire une pause au milieu d'un repas.

La musique aussi était abondante dans le pays de ma mère. Au coin des rues, dans les magasins, à la gare, les gens chantaient et jouaient d'un instrument. On chantait en famille avant le dîner. Et de nouveau après le dîner, réunis autour du piano.

Ce n'était pas toujours le bonheur au Danemark. Au cours de la Seconde Guerre mondiale, il y avait des alertes aériennes, on éteignait, les sirènes retentissaient. Ma mère et mon père se tapissaient dans l'obscurité avec tout le monde. Quand on frappait à la porte, ils ne voulaient pas répondre, de peur que ce soient les Allemands.

L'Islande a déclaré son indépendance pendant l'occupation allemande du Danemark. On savait qu'avec les événements, l'armée danoise ne pouvait pas se déplacer facilement. L'armée britannique, cependant, le pouvait. Ce ne fut donc que l'indépendance d'un moment.

65

Mon école se trouvait dans la campagne du Sjælland, à quelques heures de Copenhague. Une vieille bâtisse en pierre blanche qui avait dû être un cloître bien avant la Réforme. Sur les terres, il y avait un étang avec des lis, de nombreux chênes, saules, bouleaux et de grandes étendues de gazon très soigné.

Il y avait cinquante-neuf jeunes Danoises dans cette école et onze Islandaises. Les Inuit blanches n'étaient pas aimées parce qu'elles gardaient des paquets de poisson séché dans leurs chambres et marchaient en traînant les pieds. Le bruit courait qu'elles étaient trop paresseuses pour les soulever. Elles s'agglutinaient dans la salle à manger, dans les couloirs, et elles ne se liaient d'amitié qu'à l'intérieur de leur groupe. Elles parlaient de leur retour à la maison et elles pensaient que les Danoises étaient des flemmardes.

Les traînardes, comme elles se faisaient parfois appeler, ne me considéraient pas comme une des leurs. Elles pensaient que j'étais une flemmarde. Les flemmardes ne comprenaient pas pourquoi on ne me voyait jamais avec les traînardes.

Les flemmardes étaient soit de la campagne, soit de la ville. Celles de la campagne venaient des fermes du Sjælland. Si leurs fermes avaient des toits de chaume et si l'eau était puisée avec une pompe dans la cour, elles étaient de basse campagne. Si leurs fermes étaient de riches manoirs champêtres et si le nombre de domestiques s'élevait à plus de dix, elles étaient de haute campagne.

De la même façon, les flemmardes de la ville étaient ou des prolos ou des aristos. Les prolos étaient au-dessus des filles de basse campagne, sans être à la hauteur des flemmardes de haute campagne. Elles venaient des quartiers les plus pauvres de la ville. Parfois, elles étaient envoyées à l'école de campagne à cause de grossesses illégitimes. Parfois, à cause de menus larcins. On respectait les prolos pour leur débrouillardise.

Les aristos venaient de familles aisées des quartiers huppés de Copenhague. Ce groupe se répartissait entre nobles et parvenues. Ces dernières étaient filles d'architectes, de médecins ou de politiciens dont la presse parlait. Les nobles étaient filles de l'aristocratie, les pères collectionnaient médailles honorifiques et signatures du roi.

Tout cela avait pris quelques semaines à démêler. J'avais été la dernière casée parce que je ne rentrais dans aucune catégorie. Il avait fallu délibérer quelque peu. Par un raccourci de l'imagination et peut-être parce qu'il courait une rumeur voulant qu'en réalité je sois Russe, le verdict avait été prononcé : j'étais une aristo.

Je me suis fait l'avocate des traînardes. Ce n'est pas que les traînardes soient paresseuses, avais-je l'habitude de dire aux aristos dans la cuisine. Elles sont simplement fatiguées d'être ici. Elles n'aiment pas les arbres et toute cette pelouse. Et puis, elle ne supportent pas votre politique. Vous avez trop de classes ici. Elles viennent d'une société sans classes, où il n'y a ni roi, ni comtes, ni barons. Seulement des armées d'occupation.

Je soupçonnais qu'elles m'avaient placée parmi l'élite surtout parce que j'étais apparue une fois à la télévision américaine, plutôt qu'en raison de mon lignage russe incertain. En effet, plusieurs années auparavant j'avais fait une apparition à la télévision américaine : avec mes tresses, j'étais une parfaite illustration du protectorat américain. On ne sait jamais, raisonnaient les aristos, j'aurais pu paraître à la télévision une seconde fois.

Beaucoup plus tard, je me suis rendu compte qu'elles avaient peut-être raison. L'homme que j'allais finir par épouser avait fui la Corée du Nord, tout petit bébé, pour s'installer avec ses parents en Corée du Sud. Il y avait les Russes au Nord où il était impossible de trouver du lait et au Sud, une base américaine où il y avait du lait. Ma future belle-mère devait me dire plus tard : « Sans lait américain, il n'y aurait pas eu de mari pour toi. »

66

Pendant que je jouissais de ces privilèges au Danemark, ma sœur passait ses examens scolaires dans un gymnase des montagnes du nord de l'Islande. On remarquait que, malgré l'institutionnalisation de l'alimentation des étudiants, elle ne prenait pas de poids comme les autres.

67

Tout n'est pas que mensonge dans cette sociologie de type *Sa Majesté des mouches* pratiquée par les filles d'un pensionnat rural danois.

Le fait que les privilèges n'étaient pas distribués également. Le fait que certaines filles de basse campagne restaient au lit à contempler leurs orteils alors que les aristos se faisaient bronzer nues et à leur aise, sans se cacher des jardiniers. Le fait que, un peu plus loin, quelques prolos traînaient aux alentours du magasin d'alimentation dans l'intention de voler pendant que des filles de haute campagne avaient des rendez-vous secrets au milieu des hauts épis de blé avec des jeunes gens à bicyclette.

Sans mentir tout à fait, je peux affirmer que j'étais libre de participer aux activités de toutes les castes. Je comprenais ainsi tous les points de vue et je pouvais donner des conseils au directeur et aux instituteurs lorsqu'ils s'y perdaient.

68

Certains théoriciens disent que toutes les histoires ne sont que mensonges. Tout ce qui est écrit est mensonge. La vérité n'existe pas.

Dans toute narration, il y a tellement de personnes qui cherchent à se faire remarquer qu'elles s'annulent les unes les autres.

J'imagine une histoire qui permet à tous les locuteurs de parler en même temps, affirmant qu'aucune des versions ne constitue exactement un mensonge.

69

Le texte désire être vrai. Il sait que ce qui est écrit n'est pas exactement vrai; le désir reste donc insatisfait.

L'histoire répète la tentative de se raconter. Le texte dit à tous les autres textes: je suis seul à exister.

70

Quand nous étions très jeunes et que je faisais pousser des légumes dans la boue, ma sœur travaillait pour les services forestiers. Leurs pépinières se trouvaient au fond de Fossvogur, le fjord du nord de la ville. Des rangées de jeunes pins importés de l'Alaska et du nord de la Norvège prenaient racine dans la terre peu profonde. Seuls les arbres les plus résistants étaient importés, ceux qui pouvaient supporter les conditions difficiles.

Mon travail dans les jardins des écoles terminé, j'allais faire un tour dans les pépinières. Les branches miniatures, couvertes de douces aiguilles, s'agitaient dans la brise perpétuelle.

Je finissais par trouver ma sœur, accroupie hors de vue dans un coin de la pépinière. Elle travaillait avec détermination et ne me disait pas un mot quand je m'asseyais à côté d'elle. Je regardais ses doigts, ses mains enflées, si disproportionnées par rapport à sa petite stature. Elles étaient bleues de froid avec des plaies qui ne guérissaient pas. Elles creusaient la terre, ménageant un espace pour un autre arbre de petite taille.

71

Il existe un désaccord à propos de la nature de cette histoire.

Il y avait deux stations de radio dans le pays de mon père. L'une s'appelait la Radio nationale islandaise. Elle diffusait une heure de nouvelles à midi suivie d'une heure de publicité. On pouvait entendre des chorales d'hommes entonner des chants patriotiques, des voix graves de femmes chanter les yeux aimés de la mère et des valses viennoises. Le dimanche, l'évêque s'adressait à la nation et les chœurs de l'église chantaient des couplets extraits des hymnes de la Passion.

L'autre station était pour militaires américains seulement, mais la population de l'île pouvait la capter à volonté. Une speakerine à la voix de Brenda Lee y annonçait de jolies choses en anglais, et la musique rock américaine jouait toute la journée. Si on vous attrapait à écouter le poste américain, on pensait que vous aviez silencieusement déserté la tribu. À travers les ondes, des fils de fer barbelé invisibles encerclaient la base américaine.

Puisque dans cette histoire il y a une station de radio américaine que la population peut écouter à volonté, il est possible qu'il s'agisse d'un crime social.

Il est également possible que nous ayons affaire ici à une forme de réalisme social.

72

D'un autre côté, il est beaucoup plus plausible qu'il s'agisse ici d'une histoire d'amour.

Il s'agit de ce garçon hongrois qui a traversé une frontière qu'il ne pouvait pas sentir. L'effet est probablement le même que marcher à travers un nuage de poussière nucléaire. On ne peut ni la voir, ni la toucher, ni l'entendre, ni en sentir l'odeur, mais la poussière s'infiltre dans le corps et le rend vulnérable à la maladie beaucoup plus tard dans la vie.

Il est parvenu à trouver un camp de réfugiés en Autriche. Là, il a gagné quelques sous en aidant un vieil orfèvre à traduire des documents en anglais. Ou était-ce un luthier? Il a travaillé pendant quelque temps, ou bien jusqu'à ce que le vieil homme se rende compte que le garçon traduisait tout de travers.

73

Il n'y avait rien à manger en Hongrie en ce temps-là. Sa mère était si fatiguée de manquer de nourriture qu'elle a envoyé le garçon vivre chez un parent qui avait une ferme. Il y aurait bien quelque chose à manger dans une ferme.

74

Il y a, d'après ce que je comprends, des maraudeurs partout. Ils rôdent partout, à la recherche de dialogue. De fils conducteurs.

Je ne veux pas esquiver ma responsabilité dans la recherche de tels fils. Je sais qu'il y en a quelques-uns, mais c'est dans la nature des choses que les fils ne soient pas apparents. Ou à peine discernables. Pourtant tout à fait clairs.

Le texte admet : Voilà comment est tissée ma trame.

75

Peu de gens ont autant de discernement que ces maraudeurs qui sont aussi des voleurs. Exigeants, ils ont des standards élevés.

Hansel et Gretel avaient eu la lucidité de laisser des miettes derrière eux dans les bois afin de pouvoir se voler eux-mêmes au retour, espérant que les oiseaux ne mangeraient pas leur piste.

76

Dans une autre version de l'histoire de Hansel et Gretel, les deux enfants arrivent de deux directions opposées dans les bois. Ils se rencontrent à la maison faite de sucre et de pain d'épice, où une vieille femme met des biscuits au four. En plus du sucre et du pain d'épice, cette maison a une télévision, une radio, des jouets clinquants de Disneyland et des bonbons avec des papiers brillants.

77

Kjartan était un des seuls de l'île dans l'Arctique à posséder un violon. Et aussi une des rares personnes à savoir en jouer. Il s'exerçait en fin d'après-midi à la tombée du jour. À la cuisine, sans lumière, et les portes fermées. Lorsque je restais chez lui, j'avais la permission de l'écouter jouer, assise dans un coin sombre.

Il ne faisait pas totalement noir. Un peu de lumière venait de la fenêtre et je pouvais voir son ombre jouer.

78

À leur départ du pays de mon père, les soldats britanniques avaient laissé de nombreuses casernes. Ces agglomérations constituaient de véritables villages de baraques, à l'est, à l'ouest, au nord et au sud de la ville.

À cette époque, la population rurale avait envahi la ville. On ne trouvait plus rien à manger dans les fermes et il y avait trop de bouches à nourrir. La population emménageait dans les casernes vides et la municipalité les autorisait à y rester jusqu'à ce qu'on trouve une meilleure solution. Ces villages étaient de tristes endroits où l'on voyait souvent des rats se faufiler entre les baraques de tôle.

Auparavant, les Inuit blancs n'avaient jamais connu de quartiers pauvres. Ils ne comprenaient pas ce qui leur arrivait. Quoi qu'il en soit, les habitants des baraques sont devenus les exclus d'une société qui avait pourtant été la première au monde à vivre sans classes.

79

À une certaine époque, nous avons vécu près du village de baraques à l'ouest de la ville. On nous avait fait comprendre que les gens de ce quartier pauvre, à quelques rues de chez nous, étaient en quarantaine. Tout en sondant la profondeur brune des flaques de boue de ma rue, je me demandais si c'était des lépreux. Ou peut-être tous des tuberculeux.

Inévitablement, je me suis fait une amie dans les baraques. Invitée à voir sa maison, j'ai fait très attention de ne laisser aucun indice quant à ma destination. Il n'y avait pratiquement aucun meuble. C'était un intérieur pour ainsi dire insignifiant qui échappait à la mémoire. Une non-maison.

Cette baraque n'avait pas de salle de bains. Je lui ai demandé : « Où prends-tu ton bain ? » « Dans le fjord », m'a-t-elle dit. Puis je l'ai accompagnée au rivage et elle m'a emmenée dans un endroit retiré où, entre deux rochers, la mer était aussi calme qu'une piscine. Comme alors nous ne connaissions pas le maillot de bain, nous nous sommes déshabillées et nous avons nagé nues dans l'ombre calme des eaux de mer.

80

Tous les souvenirs rassemblés dans le texte sont des souvenirs déplorables.

Le texte reconnaît son propre chagrin. Il ne cherche pas à s'excuser de sa propre transparence.

Pendant que nous nous baignions dans le fjord, la fille des baraques et moi, un soldat américain est soudain apparu derrière les rochers. Il est resté là à nous regarder pendant un moment, et j'ai prudemment réfléchi à ce qu'il fallait faire. Nous avions alors peut-être onze ou douze ans. Le jeune homme m'a dit avec un accent américain : « *I've lost my watch. Would you help me find it ?* »

81

Il m'est arrivé de penser : Et si le temps chronologique n'existait pas? Le passé ressemblerait alors à un jeu de cartes. Certaines scènes sont données. Elles ne sont pas choisies par qui se souvient, mais les cartes à jouer sont simplement distribuées. Et brassées après chaque partie.

Le même jeu peut être joué plusieurs fois. Chaque fois, les configurations sont différentes et un nouveau texte émerge.

J'imagine un texte qui se refuse à jouer le jeu.

82

Parmi les enfants de mon école existait un complot pour boycotter les leçons de danois, pour refuser de faire les devoirs. Il s'agissait d'être tous à nos places à l'heure dite et, au moment où l'instituteur nous demandait de réciter la leçon, personne ne répondait.

J'ignorais si le boycott avait lieu parce que personne n'aimait le professeur de danois ou si c'était un acte politique. Puisque nous n'étions plus une colonie du Danemark, pouvait-on raisonner, éliminer le danois du programme allait de soi.

Le professeur de danois s'appelait Óli. Il nous a demandé de réciter la leçon en commençant par la première rangée. Le premier élève s'est excusé de n'avoir pas fait les devoirs. Le deuxième de même, puis le troisième et le quatrième. De pupitre en pupitre, il a reçu chaque fois la même réponse.

Au bout d'un moment, Óli est lentement retourné à son bureau et, nous tournant le dos, a étendu les bras vers le tableau et s'y est appuyé quelques minutes avant de faire une nouvelle tentative. Il s'est approché de mon pupitre, sachant bien que je serais capable de réciter la leçon. Après tout, je parlais déjà danois.

Je n'ai pas dit un mot, me contentant de le regarder droit dans les yeux. Il savait aussi bien que moi qu'il ne s'agissait plus d'une classe de langue. C'était une espèce de guerre froide. L'objet d'une guerre froide, ai-je alors pensé pendant que nous nous dévisagions, doit être de déterminer l'identité de l'ennemi.

Le silence a duré longtemps. Pour finir, Óli a ramassé sa serviette et est sorti de la salle. J'ai cru discerner une note de triomphe dans sa sortie. Certaines personnes, avait-il l'air de penser, peuvent être leurs propres ennemis.

83

Je n'avais pas, comme Oscar et son tambour, la distance qu'il faut pour une histoire.

Ce qui servait à fabriquer des histoires venait d'endroits magiques si éloignés qu'on n'y avait jamais entendu parler de nous. Les steppes russes, les plaines hongroises, les montagnes chinoises. Mais pour nous, ici tout au nord, il n'y aurait jamais d'histoire.

84

Il y a eu ensuite un autre pensionnat, plus petit. Pour garçons et filles, dans les montagnes, à une heure de Reykjavík. Là-bas, il était clair qu'il fallait travailler fort pour réussir les examens nationaux et qu'on ne pouvait pas le faire dans un milieu où les étudiants se mettaient en grève afin de changer le programme.

Le directeur était le seul à détenir l'autorité sur vingt âmes encore en état d'incubation. Il en profitait pour se servir du dortoir comme d'un camp d'entraînement pour jeunes communistes. La discipline était rigide, à coups de livres éducatifs et de discours incitatifs le soir.

85

Il y avait dans ses théories certains éléments que j'aimais bien. Par exemple : dans ce monde idéal, il était possible d'être ce qu'on était parce que personne ne s'en souciait. Pas besoin de faire la grève de la faim contre Dieu.

Je cherchais encore un argument à avancer à ma sœur. Après maintes visites à l'hôpital, mon mutisme me déplaisait. Si seulement le bon argument se présentait, pensais-je, elle adopterait un autre point de vue et la guerre froide entre elle, mes parents et Dieu se terminerait.

86

Dans cette école, la salle à manger servait aussi de bibliothèque. Afin de rendre les livres plus visibles. Les élèves passaient à côté de ceux-ci au moins six fois par jour. On espérait qu'ils s'arrêteraient de temps en temps pour lire quelque chose.

S'il s'agissait là d'un piège, j'étais une proie facile. Une collection de livres en provenance de l'étranger. L'occasion de découvrir les coins du monde qui me fascinaient le plus. La chance de savoir, sans me déplacer, tout ce qui se passait là-bas. Finies les illusions, fini le baratin sentimental. Finis les amoureux en détresse et en proie à l'ironie du sort. Finis les gitans joueurs de violon, finies les femmes en bleu dansant en cercles passionnés. Finis les empereurs chinois aux oiseaux factices qui se détraquent toujours au mauvais moment.

Je suis vite devenue une maraudeuse notoire dans la bibliothèque. À l'heure d'étude obligatoire, c'est-à-dire lorsque nous n'étions ni en train de manger ni en train de faire de l'exercice, on pouvait me trouver dans la bibliothèque, savourant ma lecture alors que dans leurs chambres, mes camarades, le nez dans leurs livres, étaient surveillés par le directeur lui-même qui faisait sa ronde toutes les vingt minutes. Je me rendais compte que c'était pour lui un point d'honneur de m'avoir attrapée dans ses filets. Voilà pourquoi il ne me réprimandait pas. Lors de sa tournée, il passait à côté de moi sans se soucier du problème de discipline que je constituais. Il s'arrêtait parfois pour me demander ce que je lisais, il me tapotait ensuite la tête et s'en allait.

Je lisais Malraux. *La Condition humaine.* La révolution en Chine. C'était là un bon sujet d'écriture. Il s'agissait vraiment d'une histoire.

87

Je ne savais pas qu'à peine une année plus tard, je me trouverais dans une école secondaire américaine, faisant face à la pénible tâche de saluer solennellement le drapeau américain.

À l'école américaine, en début de matinée, on menait tous les élèves dans la grande salle. On leur ordonnait de se lever et, la main droite sur le cœur, de réciter le serment. Debout avec des centaines d'autres, je me suis tournée vers le drapeau qu'on hissait, mais j'ai omis de me couvrir le cœur, et je ne connaissais pas la litanie. J'avais besoin, ai-je expliqué aux autres en mauvais anglais, de plus de temps pour y penser.

88

Là-bas, j'étais libre de fréquenter des soldats américains avant qu'ils ne deviennent soldats. Une association qui ne serait pas stigmatisée. On m'a dit que si jamais je rencontrais quelqu'un de l'Europe centrale, aussi peu probable que cela soit, cette personne serait certainement du genre réactionnaire.

Tous les châteaux de cartes que mon imagination avait pu construire s'écroulèrent du jour au lendemain. La voix qui s'apprêtait à présenter des arguments solides à sa sœur s'est à nouveau retranchée dans une non-voix. C'est à cette époque que j'ai écrit ma première histoire.

89

Le texte éprouve le désir de censurer les histoires qu'il n'aime pas.

À cause de cela, il est impossible qu'il s'agisse ici d'une histoire d'amour.

Si je n'étais pas pleine d'amour, il n'y aurait aucun mot sur la page. Il n'y aurait pas de texte, pas de livre.

90

On tue ce qui vous agace, a dit Roland Barthes.

J'imagine un texte qui ne tue pas.

Après tout, il y avait de toutes petites fleurs alpestres au sommet de la montagne rouge que ma sœur et moi gravissions. Je me suis vraiment assise sur le sommet de pierre exposé aux tourments d'un vent inlassable et j'ai regardé la fleur dans la fissure. De ce point de vue privilégié, j'embrassais du regard toute la lande, je voyais au fond d'une vallée de pierre rouge un mince ruisseau serpentant jusqu'à la mer et plus loin, la mer elle-même. Quand je parlais, un écho résonnait sur la face rocheuse derrière moi, allait et venait sans cesse, se projetant d'une paroi à l'autre.

Je croyais comprendre, par un lent réveil de tous les sens, pourquoi la tribu de mon père pensait que les rochers, l'eau, le vent et l'océan étaient vivants. Habités.

Tout, me suis-je dit, dépend du point de vue.

Une histoire, ai-je pensé, n'est rien d'autre qu'une façon de voir les choses.

91

On dit qu'il ne faut pas cueillir ces fleurs alpestres, parce que chacune met vingt-cinq ans à repousser. Si vous en cueillez une, vous effacez vingt-cinq ans.

92

Ma sœur, comme moi, s'était absentée quelque temps dans une institution scolaire. Je ne savais pas comment était son école. Elle ne m'en avait rien dit. Nous sommes tous revenus à la fin de l'année scolaire. C'était l'été, il y avait de petits oiseaux qui s'essayaient à gazouiller dans les arbustes qu'on faisait pousser dans le petit jardin. Puis ils ont commencé à gazouiller toute la nuit, déroutés par le soleil de minuit.

Au lieu d'entrer, ma sœur a frappé légèrement à la porte. Quelqu'un a ouvert. Sûrement ma mère, car ce n'était pas mon père et je ne me souviens pas d'avoir été la première à voir la terrible apparition sur le seuil. Quoi qu'il en soit, ma sœur se trouvait sur le perron, tenant à peine sur ses jambes. Elle était squelettique. On ne peut plus maigre.

Les yeux immenses, les lèvres bleues, elle avait du mal à relever la tête. Branle-bas dans la maison. On l'a portée à l'intérieur, déposée sur le lit, on a invoqué le nom de Dieu, sûrement en vain, et quelqu'un a demandé, ma mère probablement : Pourquoi n'avons-nous pas été avertis?

Les veilles au chevet ont recommencé. Il y avait des médecins, on parlait d'hôpital. Je restais assise à côté d'elle et je me suis rendu compte que je commençais à être effrayée par cette résistance solitaire qui était la sienne. Je ne pouvais rien dire pour changer ce qui était devant moi. Pourtant, je pensais qu'il devait être possible de dire quelque chose, si seulement j'avais su quoi. Une question de perspective. Un canevas quelconque que l'histoire pouvait suivre.

Ces mots magiques que je ne possédais pas. S'il existe des mots magiques, ils doivent tous être très loin.

93

L'écrivain ne peut pas échapper à la répression. Le texte réprime l'écrivain. Le texte est la prison de l'écrivain.

Les mots refusent d'accepter l'écrivain dans leur giron. L'auteur est donc exclu du livre.

94

Dans ce pays, on ne demandait pas aux enfants : Comment t'appelles-tu? On nous demandait plutôt : À qui appartiens-tu? La réponse juste : Je suis à mon père.

Le gentil cordonnier pensait que je ressemblais à quelqu'un qu'il connaissait. Je passais devant sa boutique à mon retour de l'école, lorsque je prenais un raccourci par la ruelle. Je m'arrêtais toujours chez le cordonnier parce que j'aimais l'odeur du cuir. L'homme au tablier brun m'a demandé : À qui appartiens-tu? À mon père, Gunnar Bödvarsson.

Je prenais ces tournures au pied de la lettre. J'étais certaine d'être la propriété de mon père. En tant que propriété, j'avais le droit de lui parler une fois de temps en temps. Je n'avais pas l'occasion de m'adresser à ma mère avec qui mon lien de parenté était moindre.

95

Le texte réfléchi désire être une comédie.

Dans une autre version de l'histoire de Hansel et Gretel, les oiseaux, éveillés toute la nuit, ont mangé les miettes dans les bois. Le garçon et la fille découvrent qu'ils ont perdu leur chemin.

Le texte désire rire de lui-même. Pour que le canevas apparaisse gaiement. Ou pour au moins éclairer le canevas d'une lumière propice.

L'histoire sait que le canevas est donné. Certaines choses sont immuables. Elle aimerait être libre de s'écrire elle-même. De se dépasser elle-même.

D'une certaine façon, cette écriture reconnaît l'existence d'un itinéraire. Un *ensemble.* Une sorte de fidélité est désirée.

96

La structure ne peut jamais se fermer. Elle est constamment perturbée de l'intérieur par l'écrivain qui y est enfermé. Avant l'écriture d'un texte, l'écrivain est emprisonné à l'intérieur. Après l'élaboration du texte, l'écrivain en est exilé. Il y a des infractions des deux côtés.

Certains jours, l'histoire m'abandonne. En général les jours couverts, si l'hiver est trop doux. Se présente alors l'idée que la conscience est libre de recommencer, de faire fi de ce qui a précédé. Je constate un désir pressant de confronter le passé. De le regarder de haut, de lui parler d'une position de force. Le mot qui me vient à la bouche : traître !

L'histoire est également arrogante. Elle formule des objections, réclamant une certaine autonomie. L'histoire dit à son interprète : Tu ne me connais pas.

97

Dans une autre version de mon enfance, je n'ai pas du tout grandi dans la maison de mes parents. Quand je n'étais pas à l'école, je vivais avec une autre famille. Un couple sans enfants dont la maison isolée se trouvait au fond du fjord.

Dans cette maison, j'avais mon propre lit. Une alcôve au grenier, ce qu'ils appelaient la chambre nord-est. De la fenêtre, il était possible de voir toute l'étendue du fjord jusqu'à la mer. Le pétrolier échoué était là, tout près, et je pouvais surveiller la marée. Plus haut, on préparait un nouveau cimetière très grand.

On me demandait parfois de retourner chez mes parents. Pendant que je mettais ma veste et mes souliers, m'apprêtant à rentrer, je me laissais aller au sentiment d'être renvoyée de chez moi pour aller passer la nuit chez des étrangers.

98

Dans le métatexte, on reconnaît que la conscience est *détournée* partout où elle désire s'établir.

99

Les gens sans enfants chez qui j'habitais s'appelaient Hanna et Palli. Il avaient peint leur maison en rouge et leur adresse était : La Maison rouge.

Une histoire étrange qui réprime son propre bonheur.

Dans la Maison rouge, je me réveillais chaque matin alors qu'il faisait encore nuit. C'était l'hiver et le jour ne se levait pas avant midi. Je m'extirpais de mon alcôve en écartant les modèles de bateaux et les peintures à l'huile de voiliers. Quelque part, l'odeur de café et un fourneau à mazout.

Je descendis. Seule une petite lampe était allumée dans un coin du salon et la plus grande partie de la maison était dans l'obscurité, sauf la cuisine. Hanna était là, en sous-vêtements, vaquant à ses tâches, très surprise de me voir. Elle était

Danoise et disait des choses ridicules pour une adulte, des choses grossières et drôles.

100

Incapables d'avoir des enfants, ils avaient songé un moment à l'adoption. Ils s'étaient donc rendus à l'orphelinat pour trouver un enfant à eux. Au cours de leur visite, un garçon aux cheveux roux s'était précipité vers Hanna en criant maman. Pour une raison quelconque, ils ont changé d'idée et se sont contentés de leur vie à deux. Mais cette image du garçon roux persistait.

Toutes les histoires réunies délibérément contiennent une note de regret. L'ombre du désir de décrire un monde différent.

Je cherchais des cheveux roux dans le miroir. Je voulais occuper cet espace ouvert par le regret.

101

Il est possible d'être tellement pleine d'amour que la voix, inondée de mots, ne peut pas parler. Les mots les plus simples s'étranglent à la sortie, mais seul le silence émerge.

C'est la voix assise au chevet des lits d'hôpitaux. La voix qui ne peut pas distinguer clairement quelle configuration de mots pourra enlever tous les fils barbelés.

L'amour cherche à se réfugier dans un langage figuré. L'amour a honte de lui-même, de sa propre transparence. Territoire vulnérable. Un peuple sans sa propre armée, facilement occupé par les forces armées d'autres nations.

L'amour choisit l'exil.

102

On n'a jamais résolu le problème du docteur Patel qui venait des Indes. Je m'inquiétais, pensant qu'il trouvait peut-être offensant de nous voir manger la chair d'une baleine. Si on m'avait autorisée à parler, j'aurais dit : les Inuit blancs prennent ce que chaque saison apporte.

103

Il y a une raison à la rareté des histoires. Des cartes à jouer. Une raison autre que la tendance des histoires à se refouler elles-mêmes en voulant se mettre au pas du dogme.

Il y avait beaucoup de maladies. De grands trous dans les saisons et les années. Une sorte de tache d'encre s'est répandue dans le texte là où la conscience s'était oblitérée. Ce n'était pas vraiment l'inconscience qui a pris sa place mais plutôt un état d'épuisement et d'ennui. Un désir d'oubli.

Les taches d'encre n'avaient pas toujours de nom. C'était souvent la grippe ou les maladies courantes de l'enfance. Une fois, une sorte de fièvre typhoïde. Une autre fois, on soupçonnait la polio. Mais la plupart étaient simplement là, de fréquents effondrements, un mode de vie.

104

Parfois, dans un état de demi-conscience, je sentais vaguement une main inconnue examiner mes glandes ou quelqu'un écouter mes battements de cœur avec un stéthoscope. Les voix du médecin et de ma mère se faisaient entendre au-dessus de moi, comme venant de très loin. Quand j'ouvrais les yeux, les visages penchés sur moi reflétaient en général une expression d'impuissance.

Parfois, je me retrouvais grelottant au sol au milieu de la nuit. Le bourdonnement familier dans mes oreilles m'annonçait que quelque force étrangère venait m'enlever. Peu à peu, je savais que j'étais en train de disparaître. Je ne m'en inquiétais pas trop. Je pensais que tout le monde faisait beaucoup trop de chichis.

Ceux qui sont en train de disparaître sont beaucoup plus avisés que ceux qui restent à leur chevet. Parfois, je voulais rassurer les visages, leur dire que je ne faisais que me reposer. Mais à cette grande distance, je ne pouvais pas toujours trouver ma voix. Le chemin à faire semblait prodigieusement long, profondément enfoui quelque part dans les cavernes inondées de l'océan, là-bas, où ma voix s'était réfugiée pendant quelque temps.

105

C'est là un vaste endroit où les histoires s'interrompent. Si après la vie, la mort est aussi une pièce de théâtre, elle doit, comme toute bonne pièce, avoir des répétitions. La conscience s'exerce à une existence sans histoires.

C'est par nature que l'écriture contient une note de défi. Elle confronte son opposant, le fixe du regard jusqu'à le faire reculer. Revendique la vie.

Il s'agit aussi d'une confrontation intérieure, parce que l'objet du défi se trouve dans l'écriture. Une forme de guerre froide où l'encre est arrangée en motifs et attentivement surveillée pour qu'elle ne déborde pas de son tracé et qu'elle reste contrôlée.

106

Ma mère, qui avait été élevée à Copenhague, avait de la peine à se résigner à sa nouvelle demeure sur une île montagneuse du nord. Elle avait de multiples raisons pour emmener ses deux filles dans sa ville natale et elle le faisait souvent. Je ne posais pas de questions à ce sujet, mais je me laissais trimbaler d'un endroit à l'autre. Il n'y avait pas à choisir entre les deux.

Il y avait des traversées. Le bateau qui faisait la navette s'appelait le *Gullfoss*, un vieux paquebot fiable et plutôt petit. Lorsque j'étais passagère cependant, il était aussi grand que n'importe quel autre monde de ma connaissance.

Nous habitions sur le *Gullfoss* si souvent que j'avais à jamais le pied marin, même après avoir été de retour sur terre pendant des semaines. Il était naturel que le plancher s'incline dans toutes les directions. Que les rideaux s'étirent à l'horizontale.

Que les objets mobiles soient amarrés à la paroi. Même à terre, je faisais très attention à ce que les assiettes et les tasses ne glissent pas de la table.

Le *Gullfoss* était le seul endroit où j'aimais la solitude. La solitude de cette étendue, de l'océan lourd et noir, bouillonnant à l'infini, jour après jour. La solitude de n'avoir rien à faire et d'être fascinée par ce néant. La solitude d'un monde sans attentes, un environnement où le corps se laissait simplement porter, les directions n'existant pas.

Nous apercevions parfois la terre. L'Écosse, les îles Féroé, ou le Danemark, une mince ligne bleue au loin que les gens pointaient du doigt. J'étais contrariée à la vue de la terre. Je ne voulais pas m'approcher de ces masses de rochers où les gens paradaient dans les rues avec de petits drapeaux de papier collés à de fragiles bouts de bois. J'avais conçu le désir d'appartenir à la mer. D'être née sur un bateau. Tentatives de réécrire l'histoire.

J'ai commencé à comprendre la dépendance des pêcheurs envers l'océan. J'avais maintenant l'ambition d'être mousse. J'entretenais des convictions intimes.

107

À bord, une personne anonyme avait accaparé une table du salon pour elle toute seule. Sur la table, un casse-tête prenait forme peu à peu. Ce qu'il représentait n'était pas vraiment clair. Les images ressemblaient à un tableau de l'impressionnisme ou à des nénuphars flous de Monet.

Je n'ai jamais vu le propriétaire du casse-tête au travail. Ma sœur et moi essayions de deviner qui il était et nous avions réduit le champ des candidats au second et au capitaine. Il n'y travaillait que la nuit, car le casse-tête n'avançait guère pendant le jour. Mais chaque matin nous allions au salon pour découvrir de nouveaux pans de l'image. L'homme au casse-tête était un somnambule. Nous l'appelions le maraudeur.

108

J'ai décidé de me joindre au maraudeur dans l'assemblage des morceaux du casse-tête. Le jour, j'essayais de voir clair dans cet imbroglio et j'assemblais quelques morceaux après de longues délibérations. La nuit, le maraudeur ajoutait à ce que j'avais fait. Une sorte de communication s'est établie.

Nous avions un projet commun auquel nous participions à tour de rôle. Le projet était de faire ressortir l'image. De dégager les formes d'un *ensemble* établi au hasard.

Le casse-tête presque terminé, j'ai vu que c'était sûrement un Monet. Quelque chose de français. Mais la mer était souvent houleuse et, un matin, j'ai trouvé le casse-tête si patiemment assemblé éparpillé sur le plancher, une fois de plus sens dessus dessous. Personne n'a eu l'énergie de le recommencer.

109

Beaucoup plus tard dans la vie, je me suis retrouvée dans une école des beaux-arts. On nous enseignait l'art de l'autoportrait. Il fallait travailler à l'huile, à partir d'un miroir fixé sur le chevalet pour que le visage du portrait lève le regard. L'image d'un visage désintéressé aux cheveux blond foncé est apparue sur la toile. Je n'ai pas aimé le projet. Je n'en voyais pas le but.

110

J'ai mis longtemps à comprendre que le but est une illusion. Les portraits se font sans aucun centre. Dans un casse-tête, chaque morceau est son propre centre; l'ouvrage assemblé ou bien manque totalement de centre ou bien est composé entièrement de centres.

Dans le métarécit, il existe des maraudeurs métaphoriques à la recherche de quelque chose. Mais il n'y a pas grand-chose à trouver.

Sur le bateau, ma sœur et moi nous nous divertissions avec des plaisanteries. Quelle est la meilleure façon de cacher quelque chose à quelqu'un? Le lui mettre sur la tête.

Le maraudeur ne sait pas qu'il a déjà ce qu'il cherche.

111

Être un héros est une nouveauté pour le lecteur. Il n'est pas habitué à être mis en vedette, à ce que le titre d'un livre s'inspire de son nom.

J'ai conçu un autre genre d'autoportrait : l'artiste peint sa propre image mais directement sur le miroir. Le spectateur voit non pas l'image de l'artiste, mais son propre visage à travers les traces de la peinture à l'huile. Le regard tourné vers le spectateur prêtera au visage reflété une expression d'impuissance.

112

Dans le pays de mon père, il fallait que tout le monde travaille. Les hommes travaillaient sur les chalutiers. Les femmes travaillaient dans les usines de conserves de poisson. Les enfants travaillaient dans les jardins des écoles. Les garçons vendaient les journaux dans les rues en hurlant les manchettes. Les filles s'occupaient des bébés pendant que leurs mères étaient dans le poisson. Il y avait des terrains de jeux où l'on confinait les enfants dans une enceinte de béton.

Des slogans écrits en grosses lettres sur les autobus : *Bâtissons la nation.*

J'étais dans l'usine de mise en conserve de poisson qui avait été construite dans l'ouest de ma ville. Le bâtiment se trouvait près de l'eau, au bas d'un quartier en pente. Mon travail consistait à mettre les boîtes de poisson dans des cartons. J'arrangeais les boîtes dans cet espace carré toute la journée. C'était un non-travail que je n'aimais pas du tout. À la fin de la journée, je ne me rappelais pas où j'étais passée. Le monde naturel avec ses couchers de soleil et ses étendues d'eau était devenu un monde étranger.

Il allait de soi que la patience était une grande vertu.

113

Ma sœur a été envoyée au nord à Raufarhöfn, un hameau de pêcheurs. Là, debout sur le quai, revêtue d'un ciré et de gants en caoutchouc, elle devait disposer les harengs dans de grands barils entre des couches de sel. On devait vider et saler les harengs aussitôt que les bateaux les rapportaient. Il fallait une armée de travailleurs pour mettre les harengs en baril pendant qu'ils étaient encore frais.

C'étaient des journées de seize heures. Quand elle retournait à sa couchette, épuisée, elle dormait parfois sans même enlever ses souliers. Quelques heures de sommeil, puis la cloche sonnait de nouveau pour annoncer un autre bateau. Chacun ressortait et continuait le travail.

114

Ainsi passait l'été. Les écoles renvoyaient les enfants tôt au printemps pour qu'ils puissent rejoindre les travailleurs. Beaucoup d'entre eux se rendaient à la campagne pour faire les foins.

Les enfants n'avaient pas de jeux d'été. Ils retournaient où ils devaient passer la nuit après leur journée de travail et posaient la tête sur les tables de cuisine ou contre le dossier des chaises. On les trouvait affaissés dans les coins ou en boule par terre.

Pas d'adultes dans le tableau. Ils étaient absents. Ils avaient deux, parfois trois boulots. Après un travail, un autre travail, une équipe après l'autre.

Les parents n'étaient plus que rumeurs. Les familles subsistaient de bouche à oreille. Les enfants adoptaient des familles et empruntaient de la parenté au hasard des circonstances. Le fermier et sa femme. Le capitaine du bateau. Le chef d'équipe dans la fabrique. De nouveaux parents.

Il y avait un adage : *Travaillez du matin au soir.* Je ne me souviens d'aucune nuit. Après tout, c'était l'été.

115

Le bonheur n'était pas le but.

Le bonheur ne pouvait se trouver que dans ce qu'on faisait. C'était un non-bonheur. Une acceptation. Un certain chagrin.

Les enfants sont devenus des cultivateurs d'amour. Aimer les moutons, les veaux, les chevaux, les poissons. Les aimer même en les consommant. Aimer les gens qui étaient présents. Un certain regret.

Après l'usine, je refusais de rentrer. La maison était silencieuse. Le comptoir de la cuisine était nettoyé et nu. Les lits étaient vides. La porte du salon était fermée et il n'y avait personne de l'autre côté. Un espace, mais un espace inhabité.

J'allais dans d'autres maisons. N'importe où, pourvu qu'il y ait quelqu'un. Je m'éveillais lentement à l'idée qu'il s'agissait d'un pays dont le produit le plus remarquable était l'amour. J'aimais d'un amour plein de regret et de tristesse la personne qui me donnait un bol de soupe. Ou un endroit pour dormir. Une alcôve. La personne dans la maison où j'entrais sans me faire annoncer.

116

Restait la question du meurtre.

À Rungsted où il y avait des poignées de porte en or et une tour d'observation pour les étoiles, un meurtre avait été commis récemment. On avait trouvé une jeune fille sur la rive près de l'entrée de notre parc étagé en terrasses fleuries. On ne savait pas si le maraudeur, dont on avait constaté la présence à des heures insolites, était aussi le meurtrier, ou s'il y avait en fait deux criminels rôdant aux alentours.

Un brin d'*appréhension* dans l'air, une note d'*avertissement*. Pourtant, je ne pouvais pas résister à la plage. Je suis descendue vers l'eau en faisant attention de ne laisser aucun indice quant à ma destination et je me suis faufilée par le portail juste avant la plage. Le sable était blanc. Je n'avais pas l'habitude du sable blanc et il était chaud. L'eau léchait le rivage avec douceur, comme désireuse de ne pas éveiller les pierres et le bois mort.

117

À Copenhague, je vivais avec ma grand-tante. Elle habitait une grande rue bruyante. Je dormais sur le sofa et toute la nuit, j'entendais les bruits de la ville. Le passage continuel des voitures. Un train au loin traversant les gares de triage. Des autobus et des tramways. Des jeunes à bicyclette. Des sifflets, des klaxons.

Le matin, la bonne apportait le café. Une jeune femme qui avait ses quartiers dans la cuisine. Il n'était pas convenable que j'aille moi-même à la cuisine, car c'était son territoire. Je l'observais avec la distance qu'imposent les barricades invisibles de la société.

Je n'avais pas l'habitude des bruits de la ville. Je n'avais pas non plus l'habitude des différences de classes à l'intérieur d'une même demeure. Qui travaillait pour qui semblait si arbitraire. Je n'aimais pas la maison de ma grand-tante. La bienséance danoise avec ses cuillers d'argent et ses verres de cristal.

118

Dans le pays de mon père, ma grand-tante Sirrí imitait ces manières. Elle appartenait au gratin, telle était du moins la rumeur, et elle avait donc aussi de l'aide domestique à la cuisine. Mais c'était une vieille femme islandaise avec une poitrine ample et un sourire chaleureux. Je passais mon temps sur un tabouret à la cuisine à l'écouter parler, à la regarder faire la vaisselle. Elle riait.

Je remarquais que la tribu de mon père ne pouvait pas jouer le jeu qu'ils étaient censés jouer sans rire. Ils riaient d'eux-mêmes.

119

À cette époque, le canevas n'était pas encore clair. Les histoires ne faisaient que commencer. Pas encore de trame développée ni d'incidents entrelacés, aucun concours de circonstances. Il n'y avait pas de conclusions en vue.

Je pouvais me permettre une vision du monde basée sur le simple hasard. Il n'y avait pas d'ordre historique. Le destin bifurquait à l'aveuglette.

Plus la vie est longue, ai-je pensé beaucoup plus tard, plus délibéré semble le canevas au fur et à mesure qu'il apparaît. S'il s'agit de l'histoire de Dieu, réfléchissais-je, alors on doit être patient. L'histoire est lue dans le temps. Ce n'est pas mon histoire. L'auteur est inconnu. Je suis la lectrice.

120

L'écrivain fait la maraude dans une histoire donnée qui émerge dans le temps. L'écrivain rapporte des incidents. Il n'y a pas de protagonistes dans l'histoire donnée. Tout sujet est un sujet construit. Le point de vue est incertain. L'écrivain fait nécessairement partie de l'histoire.

L'écrivain ne peut pas tout rapporter. Raconter toute l'histoire n'est pas nécessaire. Juste assez pour fournir un vague croquis du canevas.

De toute façon, l'écrivain s'attend à une mer houleuse. L'œuvre entière peut finir par s'éparpiller sur le sol, de nouveau sens dessus dessous.

121

Au cours de ces premières années, il y a eu une empreinte perceptive. Je la cherchais déjà pendant mon enfance. Un visage. Je ne savais pas à qui il appartenait, mais quelqu'un m'avait regardée et avait laissé une empreinte.

J'ai lu des ouvrages de psychologie sur la petite enfance. Le visage, dit-on, est en général celui de la mère. Ou du père. Mais je ne crois pas que le visage ait appartenu à mes parents. C'était celui d'une autre personne dont j'ai oublié le nom.

Peut-être celui du second sur le *Gullfoss*, alors que nous naviguions vers Copenhague. Il dispensait les médicaments à bord. Il est venu dans ma cabine. J'étais sur ma couchette, malade, presque sans connaissance. Le second parlait avec ma mère. Il lui disait: «Il est possible que vous n'ayez pas échappé à temps à l'épidémie de polio à Reykjavík.» J'ai ouvert les yeux juste à temps pour voir son visage. Il me faisait une piqûre de pénicilline dans le bras.

122

D'abord un premier visage, puis un deuxième. Le deuxième n'est pas le même que le premier, mais très semblable.

Il est nécessaire de passer par la perte du premier visage. La conscience cherche à retrouver la première image dans la deuxième. Un souhait impossible à combler.

L'assouvissement d'un tel désir serait de toute façon une expérience bouleversante. La conscience se contente du désir inassouvi de l'amant.

En littérature, comme je m'en suis rendu compte par la suite, le premier visage se confond souvent avec le visage de Dieu.

123

L'écrivain est porté à utiliser des ampoules de couleurs différentes pour éclairer l'histoire d'une lumière inappropriée. Pour cette raison, il s'agit ici d'une histoire sur l'Organisation du traité de l'Atlantique Nord.

124

Dans la ville entre les deux fjords, j'avais une amie différente des autres. Elle avait les cheveux raides et très noirs. Sa peau était plus foncée, plus dorée, et ses yeux brun foncé. Elle ne passait pas pour jolie. Il y avait là un manque de proportions. Elle était trop petite, le nez trop grand, le visage trop étroit. Dans ce pays d'intense homogénéité, toute variante se faisait remarquer.

Le bruit courait que son père était un soldat américain. Mais elle n'était pas allée aux États-Unis et elle ne parlait pas l'anglais. Elle échappait ainsi aux moqueries que les autres enfants réservaient aux prétendus sympathisants avec les étrangers. Elle vivait avec sa mère et un frère aîné qui, lui, était tout à fait normal. Il n'y avait pas de père dans la maison.

Elle s'appelait Àlfhildur. Sa mère appartenait à une religion appelée Croyance aux lutins. Cette religion consiste à croire aux pouvoirs guérisseurs des lutins. Une fois que Àlfhildur était dangereusement malade, sa mère prit contact avec les lutins. Durant la nuit, pendant son sommeil, les lutins lui ont injecté une substance extraordinaire dans le bras et elle a guéri.

Àlfhidur maintenait qu'elle avait vaguement eu conscience de la présence des lutins cette nuit-là.

125

J'avais une autre amie qui s'appelait Sigrún. Il y avait une malédiction sur la famille de Sigrún. Parmi les nombreux enfants, ceux qui ne mouraient pas souffraient d'une difformité quelconque. La rumeur courait que c'était un mariage entre un frère et une sœur qui, eux-mêmes, avaient peut-être été conçus dans l'inceste.

C'était un petit pays avec une petite tribu de gens. Les répétitions étaient à prévoir. C'était entendu.

À la fin, il ne restait plus que Sigrún et son père dans la maison. Lorsque son père est mort subitement, elle s'est enfermée dans sa chambre et a refusé d'en sortir. Quelqu'un de la parenté est venu pour vérifier qu'elle avait de quoi s'habiller et se nourrir. Personne n'a vu Sigrún pendant plusieurs semaines. Nous n'osions pas imaginer comment elle se sentait.

Une fois prête à parler à quelqu'un, elle m'a fait venir. Je me suis rendue chez elle avec hésitation. Quand je suis arrivée, une femme m'a fait entrer dans sa chambre en disant: «Je suis si contente que vous soyez venue.» Sigrún était par terre. Elle s'est accrochée à mes jambes et m'a dit que son père lui était apparu dans un rêve et lui avait parlé. Elle pleurait.

Je me suis assise par terre avec elle. Je pensais que peut-être, même si je n'avais rien à lui dire, peut-être que le seul fait d'être là suffisait.

126

Il est possible, ai-je pensé pendant que par terre nous nous agrippions l'une à l'autre, que même cette situation ait des racines politiques.

À l'école, assis devant nos livres ouverts, on écoutait parler du monopole commercial du Danemark. Les Inuit blancs ne pouvaient ni quitter l'île ni faire du commerce avec les autres nations. Il en résultait une pénurie de produits alimentaires. La population décroissait.

Les visages, m'avait-on fait comprendre, commençaient à se répéter de plus en plus fréquemment.

127

À l'âge de douze ans, je suis tombée amoureuse pour la première fois. L'objet de mon affection était un garçon de douze ans aux cheveux jaunes qui lui tombaient dans les yeux. Nous étions de très bons amis. Il venait me chercher à six heures du soir, et ensemble nous faisions la maraude par les rues jusqu'à onze heures passées. Nous aimions les barrières et les toits, et nous inventions diverses façons de grimper par-dessus les obstacles. Nous aimions aussi les fenêtres ouvertes à travers lesquelles on pouvait lancer des boules de neige bien dirigées.

Il s'appelait Siggi et nous avions en commun un grand amour pour les sabots. À cette époque, nous vivions dans ce qui s'appelait la vieille ville où les rues portaient des noms de dieux nordiques. Il y avait une rue pour Thor, une pour Odin, une pour Freyja, une pour Loki et ainsi de suite. Notre maison était située rue Thor. Siggi vivait à quelques portes plus loin sur la même rue, dans un vieux bâtiment en bois aux rideaux de dentelle avec des statuettes de porcelaine sur le rebord de la fenêtre. J'avais un désir fou de voir l'intérieur de cette maison.

La vieille ville avait été construite sur un modèle danois. Des bâtiments de plusieurs étages reliés par des clôtures avec des portes en forme d'arche qui ressemblaient à des tunnels. En entrant, nous nous trouvions dans une cour intérieure avec plusieurs fenêtres braquées sur nous de tous côtés. On nous avait laissés devenir les maraudeurs de ces cours, Siggi et moi.

Quand nous avons quitté la vieille ville pour le village entre les deux fjords, j'ai perdu de vue mon ami.

128

Près de quatre ans plus tard, a eu lieu en ville la célébration annuelle du jour de l'Indépendance. C'était la veille de notre départ pour l'Amérique. Je me suis rendue au centre-ville pour participer à la danse. Les musiciens jouaient au coin des rues que les foules envahissaient en dansant et en chantant. C'était une nuit de juin où il ne fait jamais noir et, comme d'habitude pendant ces festivités, l'alcool coulait à flots.

Puisque j'avais été envoyée dans des établissements scolaires, je n'appartenais plus à une clique urbaine et je ne participais pas non plus aux libations. J'étais sur le point de rentrer lorsque quelqu'un m'a saisie par le bras et m'a dit: «Est-ce vraiment toi?» En me retournant, j'ai aperçu un jeune homme aux cheveux jaunes qui lui tombaient encore dans les yeux.

J'avais la vague impression qu'un canevas étrange était en train d'émerger. Il est possible, me disais-je, que de tels fils, en apparence disparus, resurgissent à des moments inattendus.

J'ai donc pu voir l'intérieur de la maison de Siggi juste à temps. C'était petit avec de vieux meubles lourds. En bas, Siggi avait sa propre chambre.

Sur le lit, un édredon léger. J'ai donc eu un endroit où passer ma dernière nuit dans ce pays.

129

Certaines histoires ressemblent à des culs-de-sac. Elles ne vont nulle part. Des nœuds dans le tissu. Le texte aimerait censurer les histoires en cul-de-sac.

Derrière ce désir se dissimule l'aveu tacite que certaines histoires comptent et d'autres pas. On ne sait pas ce qui rend une histoire plus significative qu'une autre. Peut-être existe-t-il dans l'histoire une correspondance ou une allusion qui indique qu'elle est reliée à une perspective plus large.

J'ai remarqué de façon passive qu'en littérature, aussi bien qu'en politique, seul ce qui tue est considéré comme significatif. Seul le meurtre est pris au sérieux.

C'est parce que les Inuit blancs ne commettent pas de meurtres qu'on les oublie. Ce sont des inoffensifs. Des insignifiants. Un peuple pacifique n'a pas de prix. L'éliminer ne coûte rien.

130

Si, comme l'affirmait D. H. Lawrence, la violence est une perversion du sexe causée par un désir inassouvi, il s'ensuit que l'absence de violence présuppose une sorte de satiété sexuelle.

131

Certaines histoires se vantent de leur propre signification sans se soucier d'exactitude. L'écrivain se soumet tacitement à cette insistance et, la plupart du temps, va chercher l'histoire dans quelque vague domaine préconscient.

Les souvenirs de la première enfance ne viennent pas facilement. Il n'y a qu'une impression de chaleur et tous les souvenirs se confondent. Ils apparaissent sur un papier en train de sécher où l'encre déborde du tracé.

132

À l'âge de cinq ans, on m'a permis d'entrer dans une école spéciale qui permettait aux enfants d'âge préscolaire de suivre les cours de niveau élémentaire. J'étais avec des enfants de six ans et on apprenait l'alphabet. On plaçait devant nous de grandes affiches à grosses lettres. Le directeur est venu me chercher un jour et m'a emmenée dans le corridor où il avait mis deux chaises. Nous nous sommes assis, il a placé un livre sur mes genoux et m'a dit de lire. J'ai lu. Lorsque j'ai fini, il m'a regardée très calmement et a dit: «Eh bien, qu'est-ce que nous allons faire de toi? Tu sais déjà lire.»

Nous sommes restés dans le corridor plusieurs minutes, il me semble, simplement à sourire. Un sentiment de conspiration dans l'air. Comme si lui et moi partagions un secret professionnel.

133

Les écoles islandaises avaient fini par ajouter l'anglais à leur programme. Peut-être à cause de la base américaine. Peut-être pour tenter d'établir un lien avec au moins une langue tant soit peu universelle et qui puisse servir au commerce international.

Au début des classes d'anglais, nous étions environ treize. On a découvert, à mon grand dépit, que je parlais déjà l'anglais. J'ai essayé de me défendre. J'ai nié et j'ai dit aux autres: «J'ai peut-être l'air de savoir l'anglais mais ce n'est pas vrai.»

On m'observait avec méfiance. Au terme de quelques délibérations, on m'a trouvé un nouveau nom. Des gamins de l'autre côté de la rue me lançaient «Danoise américaine»! Il y avait des moments d'intense humiliation. Il ne suffisait pas au destin, ai-je pensé, de m'avoir placée au rang de nos anciens ennemis. Maintenant que les souvenirs de la colonisation danoise s'estompaient, je commençais à peine à me débrouiller. Mais le destin ne trouve rien de mieux que de se retourner et de m'associer également aux nouveaux colonisateurs.

Il y a eu un sentiment de colère. J'étudiais les échappatoires avec plus d'intensité. Si le fait de se familiariser avec une langue détermine l'identité d'une personne, me disais-je, j'apprendrais également le russe. J'ai exhumé le dictionnaire russe de mon père. Je me suis astreinte à des heures d'étude quotidienne.

Au fil des événements, une meilleure idée a surgi. En supposant que j'apprenne à parler russe et qu'ensuite l'armée russe nous occupe, ce serait m'enfoncer encore plus profondément dans l'impasse. La solution était d'étudier un plus grand nombre de langues. J'apprendrais le français et l'allemand, le féringien et l'inuit. La confusion totale.

134

Je ne mentais pas tout à fait en disant que je ne savais pas vraiment l'anglais. Il s'agissait d'une connaissance élémentaire, de l'anglais d'une enfant de sept ans, d'un vocabulaire de première année.

C'était arrivé quand j'avais sept ans. Mon père avait décidé de passer une année en Amérique, à l'Institut de technologie de Californie, pour obtenir son doctorat. Afin, me dit-on, de pouvoir ensuite amener l'eau chaude souterraine plus facilement dans les bâtiments et les serres. Une telle activité exigeait tout un savoir, m'assura mon père, et ils s'y connaissaient là-bas.

Toute la famille est allée vivre pendant une année à Pasadena, en Californie. Pendant la longue traversée de l'océan, je me suis sentie chez moi. En entrant dans le port de New York, nous sommes passés devant la statue de la Liberté. L'air était vraiment brumeux et plutôt sale.

Nous avons traversé le continent en train. Des nuits en couchette où tout s'entrechoquait sans cesse. Des repas dans le wagon-restaurant où il était possible de rester assise sous la coupole de verre et de regarder défiler toutes sortes de paysages.

135

Je ne savais pas que je m'embarquais pour une année que j'essaierais ensuite d'effacer.

J'ai vaguement compris, grâce à mon année en Amérique, que toutes les histoires contiennent leur propre effacement en filigrane. Un certain besoin de s'oblitérer elles-mêmes. La crainte de l'emprisonnement.

136

C'était une année remarquable. Pas de maladie. Pas de travail. L'Amérique s'est révélée un pays où les filles vont à l'école en robe et où tout le monde a un téléviseur montrant Mickey Mouse. Il y avait trente et un parfums de glace en Amérique et beaucoup, beaucoup de palmiers.

137

Quand nous sommes arrivés à la maison que nous allions habiter dans une large avenue de Pasadena, un grand nombre de voisins sont soudainement apparus. Des dames apportaient des petits biscuits dans des assiettes en carton recouvertes de cellophane. Des messieurs s'arrêtaient pour dire bonjour et nous montrer le fonctionnement de la porte du garage. Un groupe d'enfants venus jouer ont découvert que je ne les comprenais pas. Il y a eu conciliabule. Ils ont disparu et sont revenus avec des images. Nous sommes allés sur la terrasse. Ils m'ont montré l'image d'une vache et ils ont prononcé *cow.* J'ai répété.

Je n'en croyais pas mes yeux. Ces gens si incroyablement gentils étaient-ils les mêmes que ceux des camions de la U.S. Air Force qui nous dépassaient sur l'autoroute de Kópavogur? Que ceux des bombardiers qui effectuaient des exercices de vol au-dessus de nous? Des gens contre lesquels on m'avait mise en garde.

138

Pendant la plus grande partie de cette année-là, j'ai gardé un silence obstiné. Je reconnaissais les mots anglais, mais je ne laissais pas deviner que je comprenais. À l'école, l'institutrice s'inquiétait du fait que je n'apprenais pas la langue. On a fait venir une monitrice privée. Une fois par jour, elle venait me chercher en classe. Nous allions dans le bureau du directeur et elle me montrait les rudiments de l'anglais. Il y a eu une réunion avec le directeur. Je n'apprenais pas.

Je comprenais ce qu'ils disaient. Je pensais qu'ils se faisaient trop de souci. J'avais seulement besoin de réfléchir à certaines choses. Pendant que je réfléchissais, les gens me souriaient beaucoup.

139

C'est à ce moment-là que ma sœur a découvert que la trajectoire qu'elle suivait se heurtait à la réalité.

Elle était assise dans le jardin. Le soleil brillait. L'air alourdi par une chaleur de smog. Elle était songeuse et elle m'a dit: «Il y aura des problèmes incontournables.»

140

C'est à la même époque que j'ai fait une apparition à la télévision américaine, incident qui plus tard a servi à déterminer de façon tellement fatidique ma caste dans un pensionnat danois.

Un studio de Hollywood était à la recherche de quelqu'un comme moi pour un de leurs spectacles. À la suite de négociations avec les autorités scolaires, on m'a choisie pour une étonnante tâche: me tenir debout devant une caméra, une boîte d'arachides à la main, l'air interdit et stupide.

Des gens du studio sont venus à l'école, m'ont fait sortir de classe et m'ont conduite à Hollywood. Nous nous sommes arrêtés à la station de télévision, puis après avoir franchi de nombreuses portes et être passée entre les mains de diverses maquilleuses, je me suis retrouvée sur scène, devant un public, dans ce qui s'appelait un *live show.* Il y a eu des questions au sujet des Inuit blancs, qu'ils n'appelaient pas Inuit blancs, et sur l'opinion que je me faisais de l'Amérique. J'ai hoché la tête affirmativement de temps en temps. Il n'y avait pas grand-chose à dire.

J'essayais de comprendre: si ce spectacle était un *live show,* qu'en était-il des *dead shows*?

141

Tout ce qui est écrit a nécessairement un point de vue. Le texte refuse de se rendre à l'exigence du public qui insiste pour qu'il n'y ait pas de point de vue ou qu'il y ait tous les points de vue à la fois. Ce qu'on appelle objectif. Le texte n'est pas objectif parce qu'il ne peut pas l'être et rester texte.

142

Tout ce qui s'est passé en Amérique semblait banal et ne pas faire du tout partie du vrai monde.

Je reconnaissais même à cette époque qu'il est impossible d'avoir de la sympathie pour tous les côtés à la fois. Quand tu choisis tes allégeances, me disais-je, tu t'allies à celui ou à celle qui souffre.

143

Mes parents avaient rencontré un vieux couple russe à Pasadena. Nous leur avons rendu visite. Ils avaient fui leur patrie, m'avait-on raconté, et ils étaient venus s'installer en Californie. Il y avait à manger et à boire sur la table, et ils causaient. Ils avaient tous deux l'air gentil et les cheveux très blancs.

La femme russe s'est aperçue que j'étais fascinée par une poupée qu'elle avait placée sur la cheminée. Une petite poupée aux cheveux blancs vêtue d'une longue robe jaune. Elle s'est approchée de moi et m'a expliqué: «Elle porte un costume russe.» Puis, au bout d'un silence, elle a pris la poupée et me l'a donnée en me disant que je pouvais la garder.

Dans le silence de la vieille femme, j'ai détecté cette aura que j'ai identifiée depuis comme l'amour. Une substance éthérée, avais-je remarqué, étrangement chargée de chaleur, de chagrin et de regret. On la trouvait le plus souvent chez les gens qui ne parlaient pas.

J'allais beaucoup chérir ce cadeau et je le garderais avec moi pendant trente ans.

144

Les cadeaux peuvent être des cadeaux ou des pots-de-vin. Je me suis rendu compte plus tard que les enfants savent toujours faire la différence.

145

Dans le pays de mon père, je connaissais plusieurs familles dont la mère était Danoise. Cela tenait au fait que, dans les années quarante, les jeunes hommes islandais allaient encore à Copenhague poursuivre leurs études. Là, ils rencontraient de belles femmes danoises, les épousaient et rentraient avec elles à la fin de la guerre.

Ma mère et ses amies formaient un groupe. Elles se retrouvaient régulièrement et riaient beaucoup lors de ces rencontres.

Parmi elles se trouvait une femme juive qui ne riait pas autant que les autres. On m'avait dit qu'elle avait perdu sa mère et une sœur dans un camp de concentration. Quand les Juifs avaient été ramassés à Copenhague, un des amis de mon père avait épousé cette femme, lui offrant ainsi l'immunité de la citoyenneté islandaise.

Je pensais souvent à cela quand j'étais encore très jeune. Je prêtais l'oreille aux allusions, je réunissais des preuves, je prélevais des indices sur la nature de l'amitié.

146

Le texte reconnaît l'existence d'une quête. Le même jeu est joué plusieurs fois avec des résultats différents.

En littérature, la tradition montre qu'il y a en général un protagoniste. Le protagoniste est toujours en voyage. S'il y a des questions au sujet des histoires derrière l'histoire, le texte cède à la pression et laisse passer une sorte de réponse. L'objet de la quête est, nous dit-on, une sorte de Graal.

La quête en littérature est un miroir de la quête dans la vie. Il est possible d'imaginer une histoire où le protagoniste est lecteur, donc aussi l'auteur. Il s'agit d'une histoire dans laquelle la frontière entre l'écrit et le vécu reste floue.

Il n'y a jamais de quête du Graal. Il y a plutôt une qualité. Une substance indéfinie sans propriétés physiques qui se produit dans certaines circonstances. Elle apparaît à des moments insolites et inattendus. Même lorsque le tissage est interrompu et que la tisserande rêve à la fenêtre en regardant tomber la neige.

147

Quand nous habitions dans la vieille ville, dans la rue qui portait le nom du dieu Thor, un vieux couple vivait en bas. Björg avait les joues rondes et de longues tresses fines et grises, Magnús était grand et mince. Tous les deux souriaient tout le temps.

Magnús avait l'habitude de jouer aux cartes avec lui-même au salon. Il étalait le jeu de cartes sur la table selon certaines règles et étudiait la façon dont les cartes s'accordaient. Björg avait l'habitude de se tenir à la cuisine, remuant quelque chose dans une grande casserole. Il y avait toujours de la soupe dans cette casserole.

J'étais leur invitée la plus assidue. Parfois je contemplais les cartes avec Magnús, parfois je tenais compagnie à Björg dans la cuisine. Le dimanche, Björg mettait toujours son costume islandais. Elle faisait son apparition vêtue d'une jupe noire, d'un tablier blanc aux broderies travaillées, d'une blouse blanche avec de grandes manches larges et d'une veste ajustée et décorée de chaînes en or. Pour couronner le tout, elle portait une coiffe noire, posée à plat sur sa tête ronde, avec un gland qui pendait sur le côté près de sa tresse. Ses tresses étaient relevées et attachées derrière, sous la coiffe.

Dans cette tenue, elle s'asseyait avec solennité au salon, elle allumait la radio et écoutait l'évêque donner son sermon dominical.

148

S'il s'agit ici d'une histoire policière, on a maintenu le limier dans le noir. Le détective ne montre pas les cartes.

Les crimes peuvent être difficiles à résoudre. Surtout lorsque le crime n'a pas été déterminé au préalable. Il est à peine suggéré que quelque chose ne tourne pas rond, mais le limier ne sait pas quelle histoire contient l'indice. Il doit exister une carte, un morceau qui peut être utilisé pour élucider le reste.

Le limier craint qu'il ne s'agisse que d'un malentendu.

149

Il est possible, après tout, que la référence au jeune Hongrois soit importante. Un garçon parfait, dans la mesure où les garçons peuvent être parfaits, à l'exception d'un défaut. Un problème d'élocution. Quand il devait parler hongrois, on s'apercevait qu'il ne pouvait pas rouler ses r. Il avait dû être l'objet de moqueries à cause de cette imperfection. On lui a peut-être même lancé des noms et des injures de l'autre côté de la rue, à Budapest. Beaucoup plus tard, lorsqu'il s'est trouvé en Amérique du Nord et qu'il a appris l'anglais, son défaut s'est transformé en accent britannique plein d'élégance.

L'Amérique du Nord, me semblait-il, est un endroit où les défauts majeurs ne sont pas remarqués. Les indices ne sont jamais découverts.

D'anciens vilains canards se transforment en cygnes magnifiques.

Les cicatrices, s'il y en a, sont toutes à l'intérieur. De temps à autre, elles refont surface, mais c'est alors une expérience bouleversante.

150

Dans une autre version du *Vilain Petit Canard*, le caneton découvre qu'il n'y a pas de cygnes.

Le texte admet que Hans Christian Andersen était un homme obstiné. Il était plein d'espoir et il se peut qu'il ait passé son temps à ouvrir des coquilles d'huîtres. Il doit avoir pensé que quelque part dans le désir se trouvait quelque solution extraordinaire.

Très tôt dans le jeu, il m'a paru évident qu'il est nécessaire de faire un choix.

151

L'écrivain retire un certain plaisir de la réécriture de vieilles histoires.

Dans une autre version de l'histoire du vilain petit canard, il y a des cygnes, mais aussi deux vilains petits canards. Ce sont des sœurs, et quand les cygnes apparaissent, la trame révèle le désir des deux petits canards de s'envoler avec les cygnes. La cadette veut s'en aller, mais l'aînée refuse obstinément.

La cadette ne comprend pas pourquoi l'aînée veut rester. Tous les canards sont partis, et quand les cygnes partiront, il ne restera plus personne. La cadette sait que le temps passe, les cygnes commencent à s'envoler un par un, et il faut prendre une décision. Finalement, la jeune cane s'envole avec la troupe de cygnes, se retournant souvent l'air perturbé. L'aînée demeure sur le monticule de terre et continue à rapetisser.

152

La frontière entre l'Islande et le Danemark est très visible. Elle est entièrement constituée d'eau et, pour la traverser, il est nécessaire de faire un voyage de dix jours en bateau. Au début du vingtième siècle, la plupart des aliments, les livres et les médicaments étaient encore du côté danois.

Les parents de mon père sont morts bien avant ma naissance. Ma grand-mère, m'avait-on fait comprendre, était très belle. Encore jeune, elle était tombée malade et il avait fallu la transporter à Copenhague pour des soins médicaux. Mais elle n'a pas fait la traversée à temps. Elle a perdu la vue. Depuis, on ne la trouvait plus aussi belle.

À cette époque, elle venait d'épouser un jeune homme très beau lui aussi. Lorsque sa femme est devenue invalide et qu'il a fallu l'escorter dans la rue, la vie a pris une tournure désespérée pour lui. Tout à son malheur, mon grand-père est mort. On m'a fait comprendre que parfois le malheur est cause de mort.

Il y avait un enfant. Ma grand-mère était devenue aveugle juste avant la naissance de mon père et elle ne l'a donc jamais vu.

153

On ne parlait jamais de cette partie de la vie de mon père. On n'avait jamais permis qu'une histoire en découle.

Je n'avais que des indices indirects. Après avoir délibéré pendant nombre d'années, j'ai tracé une vague piste à travers les bois. J'avais peut-être treize ou même quatorze ans. Il est possible, croyais-je, si le premier visage que vous voyez ne peut pas retourner votre regard, qu'une de vos filles refuse alors de manger.

Dans la métahistoire derrière l'histoire inédite, il y a un soupçon de politique. Le texte permet certains décors. Souvent le texte participe à ses propres complots.

154

Je conservais une impression générale. Dans la traversée des frontières, l'important est d'être là au bon moment. Si vous ne passez pas la frontière au bon moment, vous risquez l'aveuglement. Parfois vous risquez la mort.

155

Le dernier jour de ce que je considère comme mon enfance, nous faisions la queue au Bureau de la Douane et de l'Immigration à New York. Nous devions attendre longtemps puisque nous avions fait une demande d'immigration. Nous avons probablement attendu plusieurs heures. Pendant ces moments d'ennui, j'élaborais des façons de réfuter la psychanalyse. Mon argument était que la psychologie humaine est déterminée par la politique. Et la politique est déterminée par l'estomac. C'est-à-dire que ceux qui mangent le mieux gagnent.

156

Le texte est décidé à se comporter comme un amant exigeant. Le texte exige de celle qui écrit une franchise impitoyable que l'auteur est peu disposé à manifester. L'auteur sait qu'une fois la quête de la vérité commencée, il sera peut-être impossible de s'arrêter. La vérité ne s'abandonne pas à qui la cherche. Il y a le soupçon que la vérité n'existe pas. Pourtant la certitude existe que ce qui est dit n'est pas mensonge.

Un autre soupçon. Si la vérité devait apparaître, elle serait une pauvre créature en haillons. Petite et osseuse, elle enlève ses vieux vêtements pour dévoiler honteusement sa peau. Il y aurait là une crainte de quelque chose, comme la lèpre peut-être, et une aura de désespoir. La vérité serait une créature muette.

157

Pour les enfants des Inuit blancs de cette époque, la leçon de patience était assenée comme un clou dans du béton. À l'école, on devait se tenir debout et attendre en silence jusqu'à ce que l'instituteur nous libère. L'été, on nous répartissait dans les terrains de jeu pour surveiller les petits. Nous nous éternisions là pendant des heures à les surveiller. Après l'école et pendant tous les congés, on nous donnait des aiguilles à tricoter et de la laine. On tricotait toute la soirée, comptant les mailles et les rangs : une leçon à apprendre.

Voilà peut-être pourquoi mon souvenir d'enfance le plus tenace est un souvenir d'ennui. Le lent tic-tac de l'horloge dans le hall. Le lent progrès de la laine se nouant en pulls, maille après maille. La veillée lassante sur des légumes sous-développés qui ne pousseraient jamais. L'arrangement ennuyant des boîtes de conserves dans les cartons. L'assommante et éternelle garde des petits enfants assis dans leur carré de sable.

Dans ce pays, on n'entendait personne se plaindre. Nous endurions. Sans souffler mot.

158

Quand le plaisir se laissait prendre, c'était à la dérobée. La maraude était un acte de vagabondage. Plus on maraudait, plus on devenait inutile. Il était possible de tomber au plus bas de l'opinion publique simplement par la maraude.

Je m'en rendais coupable assez régulièrement. Je percevais un sentiment de désespoir à mon égard. Une résignation devant mon manque de potentiel.

Pourtant, je savais que j'avais appris la patience. J'étais la plus patiente de tous. Je pouvais attendre des mois, des années même. Tout ce qu'il fallait était un état d'esprit approprié. Une espèce de comportement songeur. Je connaissais l'art d'attendre jusque dans ses moindres détails.

159

Pour une raison quelconque, il n'y avait pas beaucoup de livres d'enfant. J'avais dans l'idée qu'on s'attendait à ce que nous lisions les mêmes livres que les adultes. Il n'en manquait pas. Dans le grenier où j'avais ma maison de poupées et mes deux poupées cadeaux en caoutchouc, se trouvaient de nombreux cartons pleins à craquer de toutes sortes de livres. Des livres de poche, des livres reliés, des volumes recouverts de toile, sur la religion, la littérature, la psychologie, la philosophie. Dans toutes les langues. L'anglais, le danois, l'allemand, l'espagnol. Au salon, rayon après rayon, il y avait de gros volumes sur les mathématiques et sur les sciences. Dans toutes les langues aussi. L'anglais, le russe, l'allemand.

Je progressais lentement de caisse en caisse et de rayon en rayon. Les heures s'écoulaient silencieusement au fil d'une lecture où la compréhension était totalement absente. Je lisais des volumes entiers en allemand, en espagnol ou en italien sans comprendre un mot. Ce n'était que des mots avec une aura qui leur était propre, et ils formaient une infinité de configurations d'un alphabet qui semblait très limité. J'ai découvert qu'il était possible de retirer un curieux plaisir de la lente lecture de ces mots dénués de sens.

160

Par contre, lire dans une langue que je connaissais était autre chose. La dimension du sens venait s'ajouter. *Le sens* n'était pas toujours évident et avait toujours la capacité de terrifier. Un monde tout à fait étrange semblait exister, il provoquait chez moi des sentiments ambivalents.

Il y avait deux tomes en danois d'un truc intitulé *Le Monde vivant*. Ils faisaient étalage de serpents ballonnés en train de dévorer entiers de gros animaux et de gens noirs souffrant de la maladie du sommeil, couchés au sol, l'écume aux lèvres. Là étaient les histoires vraies.

Puis les histoires fausses qui étaient aussi vraies. Pierre l'Ébouriffé qui refusait de se couper les ongles et qui a fini par les avoir si longs qu'il pouvait s'envelopper dedans. Le garçon qui refusait de manger et qui est devenu de plus en plus petit jusqu'à n'être plus qu'un tas de cendres au sol balayé par la servante. Et de sinistres histoires d'enfants perdus dans les bois et jetés dans un four. Entre-temps, les oiseaux mangeaient leur piste de miettes. Et des contes incroyables de prétendus dieux attachés près d'une rivière alors que du poison tombe sur eux goutte à goutte. Quel soulagement que cette victime ait eu une femme fidèle qui, assise à côté de son mari un bol entre les mains, recueillait le poison. Pendant une pause prise pour vider le bol, une goutte de poison tomba sur la tête du mari et, bien sûr, il y eut un tremblement de terre.

161

De toutes les histoires fausses qui pourtant étaient vraies, la pire était un livre intitulé *Palli était seul au monde.* Palli était un garçon ordinaire, aussi parfait qu'un garçon peut l'être, qui portait des culottes courtes et une casquette. Il s'est réveillé un matin, et il n'y avait personne. Il est parti en ville pour trouver quelqu'un, mais tous les bâtiments, les tramways et les magasins étaient vides. Il a fait ce que tous les enfants rêvent de faire. Il est entré dans la confiserie et il s'est servi. À la boulangerie, il a pris ce qu'il voulait. Il a même conduit un tram et personne n'était là pour s'en faire.

Puis il a trouvé que les bonbons n'avaient pas de goût, que les gâteaux n'étaient pas bons et que ce n'était pas drôle, après tout, de conduire un tram. Il a traîné dans la ville, les mains dans les poches, et il a découvert qu'il était vraiment seul. Pas un sentiment agréable. Un gros creux s'est fait dans la région de la poitrine. Du chagrin, du regret et une sensation de désespoir.

Il y avait un autre livre semblable encore plus étrange et pire même. Un petit prince aux cheveux jaunes bouclés avait une planète tout à lui. Et un autre livre écrit, m'a-t-on dit, par un parent à moi. Une princesse, aux cheveux jaunes également, qui s'appelait Dimmalimm, n'avait que des cygnes avec qui jouer. Un jour, elle a découvert son cygne favori mort. Puis elle n'a plus eu aucun cygne. Par bonheur pour elle, le cygne est revenu sous la forme d'un jeune prince, aux cheveux jaunes aussi.

162

Il existe dans l'écriture une reconnaissance tacite que les histoires vraies et les histoires fausses se reflètent les unes les autres. Qu'en matière d'histoires, il est impossible de mentir.

Ces contes me terrifiaient parce que j'avais dans l'idée qu'ils étaient tous, à leur façon, en train de devenir vrais. Ils étaient prophétiques et, pensais-je, ils l'étaient d'une façon terrible. Aucune des voix de la raison, celles de mes parents d'habitude, ne pouvait me réconforter avec cette fragile affirmation en toc que les histoires n'étaient pas authentiques. Toutes les histoires sont authentiques.

163

Beaucoup plus tard dans la vie, il me semble que je descends l'escalier d'un grand bâtiment universitaire en Amérique du Nord. Une espèce de maison de pain d'épice, à sa façon. La marche avait été longue. J'étais fatiguée et il y avait la vague impression d'avoir perdu quelque chose. En arrivant au bas de l'escalier, j'ai aperçu à ma grande surprise un visage connu.

Certaines personnes doivent attendre longtemps pour que les histoires s'assemblent. Pour que les morceaux s'intègrent. Et il y a toujours un risque, ai-je pensé à cet instant-là, que l'image entière glisse et se brise avant que les derniers morceaux s'ajoutent.

Ce visage appartenait au garçon hongrois beaucoup plus tard dans sa vie. La surprise s'expliquait par la rumeur qui m'était parvenue. D'après la rumeur, quelque chose s'était passé en cours de route, et il était mort. Mais il ne l'était pas. Seulement épuisé pour quelque temps. Son parcours n'avait pas été sans heurts, apparemment. Une mer plutôt houleuse.

164

Le texte complote dans une forme de vagabondage. Il y a des commentaires railleurs entre les lignes. Le sentiment dans l'air qu'il n'y a pas beaucoup de potentiel dans les assertions qu'il fait. Le texte répond : il n'y a pas d'assertions. Il n'y a rien à accomplir. Donc, le texte n'a besoin d'aucune sorte de potentiel.

Il y a l'admission que le devoir a été évité. Que le texte a fait la maraude dans le domaine du lecteur. Se racontant lui-même et s'interprétant ensuite lui-même. Incorporant ce qui n'appartient pas à une histoire. Se posant lui-même la question : Peut-être ne s'agit-il pas d'un récit. Il s'agit peut-être d'un essai. Ou d'un poème.

Le texte est soulagé que les frontières n'existent pas dans ces considérations.

165

Nous n'avions pas grand-chose à nous dire à ce moment-là. Je ne peux pas le nier. La journée était chaude. Il y avait des oiseaux dans tous les arbres. Je constatais avec émerveillement comment toutes les images peuvent soudainement se précipiter dans l'esprit toutes à la fois. Toutes les mémoires s'effondrent, s'éparpillant au hasard sur le plancher qui s'incline. Les châteaux de cartes s'écroulent. L'évêque récite son sermon à la radio et les mouettes jacassent autour du bateau à la recherche d'ordures venant de la cuisine. Tout se passe en même temps.

Derrière cela, pensais-je en comprenant à moitié, il devait y avoir des fusils, peut-être des fusées. Des bombardiers traversaient le ciel, des sous-marins flottaient dans la mer, une paire de bombes de petit calibre explosaient. Probablement dans quelque pays magique plutôt éloigné.

166

Il doit être possible après tout de trouver un début à n'importe quelle histoire. Même arbitraire. Je pense depuis quelque temps qu'il existe un vrai début à cette histoire et qu'une histoire devrait s'achever par ses origines. Il est nécessaire de concevoir le temps à rebours.

Il y a eu un premier paquebot, avant tous les autres, reliant Copenhague et Reykjavík. Une sorte d'Arche de Noé de l'Islande. Pas le bateau qui était venu de Norvège en 874, plein de petits rois et de chefs de clan à la recherche d'une île pour s'établir. Il s'agissait de la deuxième Arche, après la guerre.

Ce paquebot s'appelait *Esja*. C'était en 1945. Tous les jeunes hommes brillants de l'île faisaient leurs études à Copenhague lorsque la guerre a éclaté. La communication avec l'Islande était coupée pendant l'occupation du Danemark. Les jeunes gens attendaient, et l'*Esja* était le premier à rentrer. Les étudiants sont montés à bord avec leurs jeunes femmes, leurs bébés et leurs jeunes enfants. Plusieurs des jeunes femmes étaient enceintes. Elles se sont entassées dans les cabines et les hommes dormaient dans la cale.

Les eaux autour de la Scandinavie étaient bourrées de mines qui menaçaient de détoner à tout moment. Le paquebot avançait lentement, porté par l'espoir impossible d'éviter les mines. Un voyage plein de tension. Les matelots et les passagers se tapissaient sur le pont, dans les cabines et dans le salon, en comptant leurs dernières minutes.

167

Jamais auparavant le capitaine de l'*Esja* n'avait ressenti une aussi lourde responsabilité. Il devait dire plus tard en public : «Nous ramenions la crème de la crème de notre population. Ces gens étaient les érudits, ceux qui devraient reconstruire la nation et la faire entrer dans le vingtième siècle. J'avais à bord l'avenir de l'Islande et une seule mine pouvait faire éclater cet avenir en mille morceaux.»

Mes parents se trouvaient sur ce paquebot. Ils m'ont raconté que lorsque les montagnes bleues d'Islande se sont lentement élevées au-dessus de l'océan à l'horizon, la jubilation était inoubliable. On a débouché les bouteilles de champagne, on a ri, on a dansé sur le pont branlant. Ils savaient alors avec certitude qu'ils étaient sains et saufs. Et lorsque l'*Esja* a touché le débarcadère du port de Reykjavík, toute la population de l'île, criant et agitant la main, était là pour les saluer.